JN253187

竹内正企
自選詩集

竹林館

目次

詩集『鼓動』より

詩集『母樹』より

詩篇　Ⅰ

詩篇　Ⅱ

詩篇　Ⅲ

詩集『たねぼとけ』より

詩集『仙人蘭』より

Ⅰ

Ⅱ

詩集『満天星』より

Ⅲ

詩画集『薔薇の妖精』より

未刊詩篇

「サヨナラ」の詩人たち 228

表紙絵「出荷牛」　著者

竹内正企自選詩集

詩集『鼓動』より

(一) 田園

たそがれを歩むひと

そなたは　かげを徒長させる
ひょろひょろと　吊られるように歩む
貧しいことなど忘れて
夕焼けに　照らされている。

そなたは　ひとみを閉じている
かげは地上で　ひき伸ばされてゆく
それは　貧しさが骨身に滲みてすき透った
農夫の貌《ぼう》だ。

たそがれは　かげを　はがしてゆく
かげは　摑むことの出来ない肉体のようで

貧しいものだけに知らされる　魂のとけてゆくような田園の夕暮れに、
あゝ　そなたは何故に　ものゆわぬ
かげを待つものよ　かげは光にくちづける
かげは　無造作につくられた捨てられた、
あゝ　そなた魂だけのひとのよう
いち枚　いち枚　かげがはがれてゆく。

少し足りないために

すべて魔のような　スリルある悪行が
一瞬に　やってくるかも知れぬ
はかられた　世界のなかで、
少し足りないために
生きている。

期待すべきものがきて
あっけなく過ぎてゆく
そんな　うつろな自嘲から
また新しい期待を醱酵さす
そんな怠惰な労働の
くりかえし　くりかえし、

あゝ　少し足りないために
生きてゆく
〝百姓の来年〟と世人《ひと》のゆう
そのはじらわしい期待に
メランコリヤの雨が降る。
雨は　ゆううつなひとの涙のよう
期待は洪水となって流れゆく。

牧歌

地球の夜の部分で　街が腐蝕してゆく
夜明けの地平線は　やってきそうもない
花は　転落すると桃色の汗を滲ませ
なまめかしい抽苔が出て
ひとびとをそゝるのです、

恋びとよ
君の生活へ忍びこんだエキゾチックな
モードのなかに
真赤な爪のあとがあるのではないか
なまめいてきた夏の夜に　くねらす　それ
赤いくちもとや腰もとは何ですか。

確かに恋びとよ
夏の夜は苦しく脱皮する　生殖する
繁華なコロニーのぴかぴか光る灯の下で
ずきずきしながら見た三本立映画と
その豪華なコロネーション。

恋びとよ
風もない　星もない
地球の夜の街は　誰かの吐息なのだ
むんむんの街から
〈帰りましょう　ふるさとへ〉
夜明けの地平線が　見える
山頂で新しい牧歌を　うたいましょう。

マリアの像に

曲線を失った農婦の胸を　まさぐる
飢えた乳児に

一ぱいのミルクを与えて下さい。
硬ばった手で抱擁する子守歌も
さびしいくちづけも
くたびれた乳房に吸い下がる哀れさに
一ぱいのミルクを与えて下さい。

勤労する農婦の像が　その一線が尊ければ
尊いほど
筋肉労働のはげしさに　乳児は泣くのです、
過労の果てに　押しつぶされた農婦の胸が
たとえ日焼けても　今宵かゞやける星のよう
に　誰れのものでもない自分の生を飾るよう
にして下さい。

そして老いた妊婦をつくらぬように
今宵の乳児は　泣きじゃくるのです。

うめぼし

雨が降ると　出稼ぎ仕事に　あぶれ
飯場の大きな土管のなかで　余分になった
弁当をひろげるひとよ
麦めしのなかに　きっとうめぼしがかくれて
いる。

うめぼしが躰のためによいとて
堅い種を　しゃぶりながらめしを喰う
生活の忍従者
岩のごとく委縮した雇われ農民よ。

雨は今日の労働から解放してくれる　けれど

明日は　うめぼしの生活を強いるのだ
うめぼしひとつで　めしを喰う
天候相手の諦観居士、
その　すっぱい食慾で　青空を待つ、

そんなときなんだ
辺地農家《スラム》の灯が消えて
社会のすべてが雑音にきこえてくるのは。

石の地蔵さん

がらんどうの家のなかで
老牛の空胎のような空しさを反芻する
何を喰いあさっても
腹の大きくならない底抜けの空胎。

労働とは　寒い仕草だ
君よ
風呂に入り給え

重い肉体が　じゅうーと泡をたてて溶けてゆく　この無意識な手や足は何故に痙攣するか
馬鈴薯や裸麦のように安っぽく敬遠されてしまった現代調
君には類が多過ぎる
無類のものは尊敬されるのだ
だから何も捨てゝ　石の地蔵さんになり給え

石の地蔵さんのように　じっと一点を凝視《みつ》めて放心し給え
物質を持つこと　人を愛し愛されること
そしてそれに繋がる一切の仕草を燃やしてしまうのだ

素裸で現代の雨に　たゝかれながら
底抜けの空と空胎をアレンジする
……しばしにんげんの道標になりながら。

肉体労働は馬鹿のすること
資金のないものは恩給とりになれ
机上でアイデアを売りながら
鳩乳のような可愛い
おしゃべりづくし。

法隆寺の　ほゝえむ仏像よ
モナリザ
むなしくほゝえむ石の地蔵さんよ、

君よ
埋もれて
むなしくほゝえむ影が

抽象されて　さかさまに歩んでいる
無秩序な混乱と錯覚と恐怖と破滅の
奇型なイマージュ、

これは確かに息をひきとる時の幻型だ。

田園の果から

俺は
生れながらの百姓である
おゝ
生れながらの皇帝よ
生れながらのルンペンよ
地球は音もなく暗転する
またもめぐりあう星や未来の無限を
めぐってゆく。

俺は
このブンチンのような山脈国で
サッカリンの肥料と自殺の出来る農薬で
米を作る　麦を作る
清浄野菜もホルモンもバターもパンもタバコ
も酒も作って喰う。

生れながらの財閥も
地図の上を飛ぶようなミサイルの製造を血眼
で争うひとびとも
きっと地球儀を　ぐるぐる廻しているだろう
それは　にんげんだから
それは地球人だから
電子顕微鏡で自分を見出せばよい
針の先で自分を突けばよい
戦争は　どこから孕むのだろうか　　と。

俺は
たえまなく孕みゆく自然のなかで
土から芽生える生物の美しい果実を拝むこと
が出来る。
そして、
人工交配授精も
青空が咲きほころびる夢をみながら
かげろうのように呼吸しながら
生命と魂の媾合を感じながら
一年草の果実も　多年草の根球も
偏見のない花の結晶であることを知っている

俺は
生れながらの百姓である
生れながらの　にんげんである。

㈡　少年詩に

冬

新月が鋭く!!
山に突さゝって
やがて
山を　えぐって行った。

冬は
ふるえあがって
固く固く凍えてしまった。

悪夢

へび　と　かえるが
背中合せに　冬眠している。

蝶は毒つぼから生れた、

眠りをさますと　アンテナの突尖で
かたつむりが一匹
ぼくの　霊　感《インスピレーション》を録音していた。

小春日

遠く水いろの彼方から
かげろうが　ゆらぎだすと
裸木の　かたい蕾たちは

ゆすぶられて　踊りだします

小さい鉢の　片すみで
病みぬれた　紅バラは
鳥かごの　さゝやきで
青春《はる》に　因んでゆくでしょう

こんな日
猫は　夕べの食べあましを
嗅ぎに　行ったのです

森の家

峠の一本杉に
細い月が　かゝって
森の奥では　狐がないた、
木こりは木馬にのって
山から　下りてくる、

森の家では　ランプがひとり
あぶらげご飯を　待っている。

寂春

ふるさとの
山かげの　あわ雪　きえて
陽だまりの　山ふところから
小川　流れる、

ふるさとの
山あいの　寂しい春に

わびしくて　こぶしの花の
白くひらける。

すゝきの尾花

あなたは温室のなかで
ジョーロのプリズムを眺めながら
すくすくと育ったのです、

わたしは荒地の石と石とが　きしめき合った
透間から
細長くのびた　すゝきです
あなたは沃地へ移植されて
幸福になってゆくのです、

秋がくずれて　冬がこんなにも長く空白で
星が冷たく虚空の底へ逝くときも
あなたは　固く夢を縮尺して
透明な倖せを少しづゝ　ふくらませ
春の息吹にまるまると結球するのです。

わたしは何も目かくしされず
寂しい秋の月がひらたい晩から
こんなにも淋しい姿になって
冬の夜ながに　放心してしまったのです。

ふるさと

ひとが住むところに
ふるさとがある
ふるさとは　ひとが生れたところ
すべてを知っている　母である。

その昔から
ひとが住むところに　ふるさとができ
ふるさとで　世界はつくられる
母よ、
偉大なる母よ。

ふるさとは　懐かしい、
ふるさとの　やるせない思い出
ふるさとの　わびしいたゝずまい
そのわびしいところから　ひとは生れる。

はじめての

はじめての
そなたは夢のしたゝり

わたしは　はじらいと　ときめきで
すれ違いの　はかない流れ星、

わたしは　ひとみに　たずねています
そなたの　可愛い　幻覚が
幸せのイニシャルが
また　めぐり逢える　生涯の
こゝろの美神となりました。

許して下さい　何もかも
はじめての　はじらいの　はかない幻《まぼろし》を
永遠の美しさに生きつづけて
そなたに繋がる　愛のきずなを
たぐりよせているのです、

胸を押しつけるように
白鳩が　飛んでくるゆめを。

(三) 青い抵抗

愛のうた

恋びとよ
もう地球上の自然なんか偉大ではない
ぼくらが生きている現世は　何もかも敏速に
風化してしまうようなのだ
〈生物が風化するようになったのは　あの日
からだ〉

恋びとよ
君は愛に生きている
君は愛を必死に守ることが出来る
君の愛のなかには美しい果実がある
その果実は誰れにも売らない

しかしその果実も君のものでなくなってゆく
君の信じ切っているその果実は　もうどのよ
うに愛しても熟さなくなってしまう、
それでも恋びとよ
君は乳房のために　乳房は母性のために
母性は未来のために
――からくりの乳豆を吸う乳児のよう
おぼれながら愛するとゆうのか。
君の果実に滲透するものは
ぼくらの愛だけでは防げない
だからどうしよう
恐怖は愛を破り果実を掠ってしまう
地球はX光線のなかにある
あゝ　死の雨にも慣れてしまった山脈国で
星のような祈りをこめて君は眠るのか
未熟な果実を抱きしめて風化してゆくのか。

恋びとよ
生きるのだ!!
生きるために美しい花を咲かすのだ
花を見つめていると　廿一世紀のひとびとの
うたごえが聞えてくるではないか
美しい人間のうたが果実のなかにある
未来のひとびとのうたごえに合せて進め
のゝしれ!!
蹴倒せ!!
ふみにじれ!!

恋人よ
棘もつ花よ　ぼくらの生命
斃れても生きるのだ。

にんげんの悲しさ

いつもぞりぞり髪の毛を剃られる夢をみるの
で　わたしの影はうすれ
ときたまデスマスクが浮んでくる。

もう現実に生きるとゆうことや
生活する　とゆうことは
罪を犯すことゝ同一語になっている
人間らしい罪を犯すことに　すっかり中毒し
てしまったわたしは　花野菜のなかに住む
純潔な蛔虫のように透明で鋭く　あなたの腹
のなかで暖まってみたりする。

しかしわたしは人間らしい人間である
働く人間である
現実はドブのように汚れて　肉体も心臓も

血液までが銭でしばられ
毎夜ふかふかと泥を吐いている。

大脳は　すでに休んでしまい
働くに必要なカロリーが胃袋から垂れている
だけど現実は生きるに必要な罪を犯さねば生
きられぬ生き難い国のなかで
生きねばならぬわたしのこゝろのどこかに
孕まされてしまったものは何か
わたしは産まねばならない
やがて産まれるものを　わたしは知らない、

神よ
わたしは恐怖を知る
人類の悲しさについて
救われぬ新陳代謝がつづくばかりだ。

非理法権天

血なまぐさい地球よ
あとめがない機械のような地球よ
アミーバーの夢の恐ろしさ
不倫な宿命のしみついた地球よ
愛はどこにあるか、

遠い原人たちの本能を美化してきたはずなのに
槍と刀で肉食した習慣が機械を使うように
なっただけのことなのだ、

右手にナイフ　左手にフォーク
血なまぐさい獣肉を引裂いたり引突いたり、
鉛筆をけずる子供達の口もとのように
噛んで食べさす母親の口もとのように

芸術的なにほんの箸は
何を描き何を育てたか、
愛よ　生よ
高等動物
にんげんは　その名にふさわしいのか。
それは　人類に共通する悲しみを分かつこと
が出来るようになっていても
この地球上の何処かで
にんげんの悲しみを機械でぶちこわそうと
する奴がいるから　あとめがない機械におび
えながら
空に死の層雲をつくってゆく、
非理法権天
　〈権力は　やがて天に亡ぼされる〉
いま世界の権力者の頭脳に
死の層雲がとりまいている所だ。

灯

ゆううつなひとびとの心に燭っている
その寂しい灯が　ゆらぐ
たった　ひとつの世界の灯が　ゆらぐ
それは　ひこひこしている虫の息だ
息を　ひきとるようだ
みつめると　たちくらみがする、

ゆううつな　ひとびとの心に燭っている灯は
動けない　たちすくむ
貧血した平和にたまる　わずかな血液は
ふさがれている
燃えない躍らない
発狂形だ
夢のない　ひきつゝた顔は造花のようだ。

ゆううつなひとびとの心の底まで浸透した
真空の暦をめくってゆくと
そこには
巨大な破壊力をもつメガトンの手が
灯を　もぎとりに来そうだ
地球のセコンドがメカニックに秒よみを
はじめる、

ゆううつなひとびとの冷えた頭脳は
ものゆわぬ真空管のように
さびしい灯をともしている。

レントゲンの祈り

いつでも泣くことが出来るひとたちよ
にんげんは満し合う倖せが足りない
誰もが片輪しかもって生れなかった
にんげんの頭脳の思考するものは　そのひと
以外には誰も知らないことを知っていて
話せば解ってくれるひとは何処にいるか、と
片方の輪をぶらさげて　何時までも
さまよい歩いている。
ひとよ
片方の輪の重さのために
にんげんの底知れぬ悲しさのために
正常な頭脳をもっているか
哺乳動物の泣き声がする会話は
すぐ腐り果てゝしまう
愛情なんか　みんな黒ずんでみえる
笑いから一瞬　歯が灼ける　唇がおちる
或は浸透する恐ろしさのために
ひとは　すべてガイガー計数管になる。

いつでも泣くことが出来るひとたちよ
にんげんの汚らしい時勢のなかで
恐怖と兵器　悲惨と慰霊が
まんべんにばらまかれた連続の歴史、
おお　平和の鐘よ
にんげんは何時も　もてあそばれてきた。

ひとよ
美しいにんげんの骨を求めて　その恥らいに
迷う空虚な瞳に映るものを捨てよ
こみ上げて夢にすがるものを捨てゝしまえ
骨を信仰するな
骨は会話のなかでつつましくふるえている
骨は会話の真実を知っている
骨は必死でにんげんの頭脳を正している
ひとよ
レントゲンの眼で骨と会話せよ。

いつでも泣くことが出来るひとたちよ
二十世紀の会話は　とっくに腐ってしまった
かのように、もてあそばれる人間が憂うつな
旗の下で発砲している
自嘲する主義がある
自嘲する平和がある
泣き叫んでしまったにんげんたち
泣くことも掠われてしまったにんげんたち
ふと　つるつるした骨に接吻する
骨への郷愁がある
――骨の砂漠はつゞいている――
無限に意義づける生は
宇宙線の彼方へ行ったのか。

いつでも泣くことが出来る　ひとたちよ
もてあそばれてきた　ひとたちよ

もう二度と　だまされぬ鐘をたゝけ
すべての地球のこゝろの底に響く人類の危機
を　たゝけ
にんげんの血で築かれた地球上の歴史のなか
無数の人間たちの血のなかを流れてきた
〝救い〟は何処にあるのか。
大地！　それは安置された静物のように
永遠の重みに沈む　か、

神！　それは人間の思考の範囲で、人間の頭
脳が仮設する切なくも哀れな祈りだ、
それとも何億光年を経て光る星の美しさ
それは永遠の生の救いだろうか。

㈣　鼓動　――その青き慕情――

つめたい青春

月が欠ければ恋がひえる
錯覚した青春が冷える
抱擁すればラムネのように寂しい音、

くらげのような月のやつ
キッスを欲しがる夜鳥のやつ
いっそ　さかさまに夜がまわれば
夢のように独り歩いてみたい、

月が欠ければ　冷たく恋がひえる。

解剖

ホルマリン液のなかに
妊婦が横たわっている
その腐らない母体と嬰児と動かない胎動が
みかん色の液体に　ふくれてゆく。

羞恥のない恥骨に神秘がもり上って
固まった乳房と白い唇が嬰児を呼んでいる
その苦悶のない隆起に静寂が痙攣する。
この横たわった裸像を凝視める　ぼくと女医、
すべての女の恐怖のごとき幸福のふくらみ、
を　中絶する妊婦に
ふれようとする　ぼくのメス
そのぼくの手を　すばやく払いのけた女医の
悲鳴と肉迫
〝恋の途上は陶酔と覚醒の刹那に神秘な笛を
吹く〟

しびれゆく魂を　ゆさぶり　ゆさぶり
帝王に触れてゆく　ぼくの手
そのつるつるに　ちびた手に
恋がうわすべりする
そのすべすべの恋を摑もうとあせるぼくの手
に、
しがみついた女医の眸と　ぶら下った生命の
悶え。

おお
しゃがんでしまった女の髪を　　　ざくり
と切って　恋をばらばらにするぼくに
わなわなと立ち上った女の倖せが
ぐんにゃり浮かんでしまった。

港の雨

――その陳腐な心象について――

グロテスク盛り場から流れ出た掃溜に
避妊薬のゴム臭い匂がする
雨…　雨…

尻尾の切断された犬
耳のちぎれた犬が
腐敗したホルモンを嗅ぎあて、
動かなくなった。
がちゃん!!
真黒い吐息の一瞬
汽車が連結した、
ぎくっ!!　とした　まぞひすとの唇に
血が滲み出た、

雨ざらしのネッカチーフを噛みしめ
噛みしめ
コークスの波止場は必死にすいとってゆく
雨――　雨――。

港に雨が降る夜は

――洋娼の涙について――

港に雨が降る夜は
汚れた　わたしを意識する
昼を知らないシャンデリアの下で
きらびやかに踊りつかれて
無声映画のように泣くものよ、
汚れたわたしに別れを惜んだ外人《ひと》よ

夜は狂気に生きる死ぬ
いたずらに　暦をひきめくる
もみくちゃにして捨てる生活、

あ、わたしは涙でぬれていたいのに
わたしの涙を知るものがない
いくら泣いても雨が滲む
涙は　わたしのものでない、

数奇な　わたしの涙は
ドラの鳴く夜の狂気に消える
むせび泣くような狂気に消えてしまうのだ。

抱擁

わたしには抱きしめるものがない
たったひと息の生涯に
固唾を呑むような期待がない、

すべてのものに　わたしの血を通わせて
わたしは愛を　ためしてみたい
もの、すべてを愛する無数の魂をもつために
避雷針に舌をあて、熱雷を待ちたい。
わたしには握りしめるものがない
わたしが握る鍬や鎌やハンドルは
自然の一部分ではない
いつも植物たちに軽蔑されながら
浮動票のような浮気をする。

生涯は　ひと息の生理なんだ
不妊な女の孤独や目覚めすぎた少女の潔癖と
自殺をふみ越えて――
愛は無数にひろがり

さばさばとさばけて流れ
ふかいねむりに落ち込む、
愛は流れるものだ
とりわけ「さよなら」とゆうのが好きだ
「さよなら」
「別れ」
とゆう衝動によって必死に抱きしめているものがある。

それは　ふかい　すいみんのように
あまくうつろな　わびしい執念なんだ。

処女地

そなたは生れながら　ひとりではない
宇宙のような洞に　無数の魂をぎっちり詰込んで生きるまぼろしをもっている
太陽系が出来たときから
月が裏面を見せないように、

そなたは永遠に見せない処女地をもっている
そこには無数の魂が　ぎっちり結晶している
愛でもない　意志でもない
本能でもない
分列する暗い冷たい神秘
それは如何なる神の聖地か、ソドムか、

あゝ　そなたの処女地に積る秘かな思慕
そなたのなか深く深く濃縮する恋の原型
燃えやすい　そなた
そなたの明るいエゴイズム
息を停めれば恋が欲しい　と
そなたは燃える

燃えつゞける
焰になって　いつまでも燃えたがる。

そなたの悪魔が　ポリエチレンの袋の中の金
魚のように愛らしく泳いでいる
そなたは何故に　そなたの熱さに気がつかぬ
そなたは何故に　そなたの神秘に気がつかぬ
そなたの裏面に何がある
見えない処女地がある。

夜光虫

みかん色の月が出ると
街のしげみに　灯がともる
死んだひとの　うす笑いのような
夜光虫の灯が　ともる。

みかん色の月のあかりに
孕みを拒む女の顔が浮んでくる
ふかい悪夢をひきずりながら
しじまふるわすマニキュアの爪に
ぐっさり突きさゝる　青い嬰児。

あゝ　かすかに　たましいゆすぶらし
たましい　ぴかぴか　くねらせて
かきむしっても振りまいても
真赤な爪先から唇から
赤い毛青い眼の血がたれる、

汚れた血には灯が　ともるのだ
狂気な惰性の環のなかで
張裂ける女の悲しみがふくらむのだ
赤い血　青い血が　ひくひく動くのだ。

みかん色の月の魔性に
血だらけの肉体を横たえて
黄燐のような執念を光らせるのだ
死んだひとの　うす笑いのような
夜光虫の灯が　てんてんとともるのだ。

月に

星よ
あなたを処女と呼ぼうか
月よ
君は離婚した花嫁のようだ
それとも
今宵のタイドプールに写っている
なまめかしい妖精だ

闇の夜は
女の骨が開いてゆく、　　　と、

潮の満干がくり返す
わびしい浸蝕線で
君は指折り数える、

あれは土用波だったか
潮騒だったか
愛は磨滅するものか　どうか、

やがて　やがて
刃物のような新月に
君は変化する、
豪壮な鯨の恋をながしめに
水平線から上ってくる、

月よ
そして君は円熟する
満月に、

女と星

女は美しい星を求めていた
女体は　ひとつの星を孕むために
たえず炎の満干をくり返していた、

☆

ある日
干潟に　ひとつの星が降った
女は　すばやくつまみ上げて　うのみした
――それは真珠の輝きをもつ　灼けた貝殻で
あった――
こん〳〵と湧きいづるもの　愛の炎でつゝみ
泉の如くあふれくるもの　愛の壺のなかで
星は孕まれていった
堪えられぬ喜びの痙れんがつゞき
女体は完全に　だまされて倖せを知った。

☆

幾日か倖せ過ぎた
女体が恋した星は　依然として天心に青く
またゝいていた
女は　こゝろもち首をかしげ
あまり愛すると溶けてしまうのではあるまい
か、　と安易な夢をみた。

☆

女体は天体である
天体のなかの細くこまかく欠けてゆく月であ
る
月は永遠に失恋していた
その昔　燃えつゞけた月の砂漠に　多くの貝

殻が灼けていた
それが女の悲しい星であった。

☆

女は日増しに青ざめていった
女体は　ぐらりと傾きつゞけ
干潟に　わいせつな星雲が棲息して
星と星とが　はげしくぶつかり血まみれで
生を奪い合っていた。

☆

女は悲しさに眸を閉じている
〝お腹のなかには貝殻がいる
貝殻は月への郷愁に泣いている〟
女体はもと〳〵ひとつの美しい星であった
その昔　貝殻を愛した原罪で　変身を重ねる
月の引力に身をゆだね
うす汚れた満干をくり返している
だから干潟にみる貝殻は灼けていて星にならない
まるい石になってごろ〳〵していた
だから今でも女の腹の中には石がある

☆

天体には　たえず美しい星の眸がまたゝいて
女の空洞に　うつる
女体は　いつでも星への郷愁に泣き
ときに　亡びおちた　生を知った。

恋のエピソード

ぷ　ぷ　ぷ　ぷんー
それから少したつとサイレンが聞こえてくる
だから君との距離は一本筋だ
だけど時報と同時にサイレンを鳴らしたか、

ぷ　ぷ　ぷ　ぷん―
君とぼくの距離が刻む
一度に刻む
くちづけは距離を吸いとってしまいそう
だから夜のデイトは禁物だ。

ぷ　ぷ　ぷ　ぷん―
時間が運命を創っていったのか
距離が恋を募らせるのか
だのに　理性とゆう奴は衝動を　もてあそん
だのだ、

ぷ　ぷ　ぷ　ぷん―
時間が意志を狂わせたのか
刹那の感情が別れを呼び起したのか
〈別れることの切なさと美しさのために〉
さよならのフレンドよ

もう君は遠くへ嫁《い》ってしまうのか。

ぷ　ぷ　ぷ　ぷん―
追憶のサイレンは空しく聞こえる
心のなかまでしみわたる
美しい感傷で　君を祝福してしまったが
やっぱり君との距離をなくしてしまいたかっ
たのだ。

ぷ　ぷ　ぷ　ぷん―
あれからすっかり孤独じみて
時報もサイレンも聞かなくなったが
心のなかで初恋のサイレンが眸をさます
あゝ君との恋は　もうエピソードになってし
まったのか。

〃山は〃

若者よ
山は遠目に眺めるものだ
朝な夕なに　あいさつをするものだ
いずれにしても、

未知の山々に　あいさつをしよう
遠い未知の山なみを　訪ねてみよう
処女峰は何処にあるか　と。

未知の山々は　無数にある
孤独におのゝく山々がある
悶えて切ない山々もある
それら自然の移行にまぶしくみえる。

若者よ
未知の山々に囲まれると
すべてが美わしい処女峰にみえる
――その青い慕情の幻覚から――
もろ〳〵の生の歓喜を感受せよ。

だが、しかし
若者よ、

炎の情念を噴上げた噴火山の
傷こん悲しい悪魔の口が
廃坑の如き　そのいえない穴が――

おお
氷河時代の圏谷《カール》の底に
死火山の幽寂な　湖水の底に
恋の執念は生きている。

若者よ、山は遠目に眺めるものか
朝な夕なに挨拶をするものか
いずれにしても
幻の処女峰が　うせぬうち
——もろ〳〵の生の苦悶を探知せよ。

山

若者よ
山は動かず待っている、
ま綿のような　すべ〳〵の雲に　その容ぼう
を　すっぽり　つゝみ
気まぐれな自然に　すべて　を
任しきり。

その山肌をなでる雲のすきまに
ときとして　あでやかに光るジャンダルム
その曲線のスロープは　ときたま雲から露出
さす
ひそかな高原のプロムナードでは　若者の憧
れが爆発する。
やがて　ま綿のようなすべすべの雲が
おもむろに　とけはじめる。
もう若者《クライマー》の　たましいは
山の魔性に　とりつかれ
誰が呼んでも　振り向きやしない。

やがて
やがて
ま綿のようなすべすべの雲に
吸い込まれたまゝ、
幾日たっても　帰ってきやしない。

鼓動

若者よ
高原の奥ふかく　さまようて
山脈の起伏を　のりこえて
探せ!!
その情熱の満たせる場所を。

高原の　つゞく限り
山脈の連なる限り
探すのだ!!
その霊肉の鼓動が一致する場所を。

若者よ
山は偉大なる客体である
噴火の口は何処にあるか
その山肌に　くちづけて
聞け!!
山のすべてが発動する生《ヴィ》のひゞき　を。

詩集『母樹』より

詩篇 I

母樹

遠い　どこかに
にんげん社会の始まるころから生えている
母樹が　あるという

その幹は　誰も抱いたことがない
枝や葉は　まぼろしとなって
天を　おおう

小鳥たちは巣づくりをくりかえし
木の実を　ついばんでいるという

どの夜の夢から

その木の実を拾おう

芽 1

胎のなかで　結ばれた胎芽が
やさしいひとの　ひびきを聞いている

胎の芽よ
お前なら自然の創意が　わかるのだ
やさしいひとの満ちたりた歓びを
聞こうものなら
忘れてならぬものがある
胎の芽よ
いまこそ　耳を傾けよ
神聖な　生の心音を
時の刻みに　合わすのだ

芽 2

胎のなかで　徐々に発育した胎の芽が
ふと開眼した
そんな奇跡のなかで
遠い原人たちの直立歩行の　よろこびが
伝わってくる
原始にんげんの　たたずまいから
やさしい情愛の行為が聞えてくる

胎の芽よ
お前の血統《ちすじ》の究極の先祖たち
とも喰いのなかから芽ばえてきたものは
何であったたか
悪魔に追われた日々がいま本能のなかに
よみがえり　幾万年の歳月をふまえて
お前の進化は

〽の時の刻みに　いきづいている

がんばれＤ51

Ｄ51が走っている
甲賀の里だ
追風だ
いきりたつ　鯉のぼり
白煙が　機関車を追っかける

がんばれ　Ｄ51
定年通過だ
貨車ばかり引張っているのか
にんげん臭い　各停の　黒びかりの
客車も　引張っているか
蒸気のリズム　エネルギッシュ
超ミニと長髪の　コーラス
懐古の汽笛を知っているか
赤字のローカル線を
ときに　がたことゆられるがよい

がんばれ　Ｄ51
昭和元禄の傾斜だ
公害実験列島だ
超高速新幹線《リニヤモーターカー》が突き抜ける　という
しゅっぽ　しゅっぽの
終着駅は　何処なのか
しゅっぽ　しゅっぽの旅人たちは
博物館に　入れられる

ストリップ

師走の通天閣前で
トタン屋根のストリップ劇場に入った
ほの暗い客席は　ぼくひとり
かぶりつきは冷たくて　どことなく小便臭い
こんなところで昼間から　ひとりを羞らって
いると
リバイバルソングが聞えてきて
少女が踊り出したのだ
パンタロンにハイヒール
ショートパンツに超ミニ
インド舞踊のような手や腰が　徐々に
それらを　はがしてゆく
かすれたマイクに腰みのをふるわせて
つくり笑顔に　しなつくり
「この紐を解いてちょうだい」
とても叶わない　ぼくひとり
目をそらすことも出来ない　ぼくひとり
ああ　何故かこの盛場の　貧しくて悲しい
トタンの屋根裏がみえる舞台の　はずかしく
て哀れなものは誰だろう

少女よ
このとぼけ野郎の出口を　教えてくれないか

小さい魚

涸れた河のくぼみに
小さい魚が　あえいでいる

か沈むと　小さなあぶくを出して
雨ごいの祈りをしている

大きな魚は　いない
小さい魚は　石のすきまの水を
なめて生きている
母の懐のように信じてきた水脈が
道路に変るのだ

魚は知らない

春の帯

コペルニクスが地動説をとなえて五〇〇年
太陽が銀河系宇宙の端っこに位する星だと解
って五〇年　銀河二〇〇〇億個の星のなかで
太陽は極く平凡な星であり　地球に似た星が
何億個と存在し知的な動物が住んでいる可能
性を秘めているという

ロボット漫画はロケットで銀河を遊泳して宇
宙を探る
人類の時間では計り知れない
にんげんが消滅する時間帯がある
資源を喰いつぶして大繁殖の果て海へ死の大
行進をするレミング現象
最後列のタビネズミはUターンするのか

かげろうが　ふるえながら地平に墜ちていく
満ちたりた束のまの生命を閉じるとき
大地は春の帯をしめている
にんげんは解くすべをおぼえてしまった
種子が種子を創るパターン

春の帯は地平をとりまき　なまあたたかい匂
いがして少し傾いて自転しながら公転してい
る

この地球上には　にんげん本位なお祭りが
そこ　ここにあふれています

きつね

つけ毛
枯葉のネックレス
つりあげたアイシャドウの眼
コンパクトに喰い入る唇
乙女座のような　しみぼくろには
白いベール

昨夜バァ・くさむら　で
イヤリングを　もぎとられた耳たぶが
かすかに痛んでいたが

遠雷の夕雨に　虹をかけて
ふかしたばこに　むせながら
こん　こん　と出かけていった

阿波おどり抄

〝踊る阿呆に見る阿呆〟
三日三晩　蜂須賀26万石　一二〇万人　笛と
太鼓　鐘と三味線　よしこのばやし　鳥追笠
にとき色のけだし　阿波の女　みんな艶つや
利休下駄の娘の手首及び腰　よしこのリズム

ほほかぶりをひきつける
〝エライヤッチャエライヤッチャ〟
酔漢うきうき　小悪魔むんむん
モサをつけるデカ
見とれる阿呆のうす着の財布
闇に　まなこ
掏摸　スリル
〝同じ阿呆なら踊らにゃ損々〟

河

河は　狂う
ヒステリックな稲妻が
積乱雲を充血させる
鉄砲水の濁流に
河は横転する

そんな氾濫が
空から撮られている

渚

湿舌の帯が
煙突を　なめている

ねむる湖面
綿菓子の雲
とぼけた　かいつむり

尻のように湾曲した河口
あしのしげみで　水鳥たちの巣づくりを
のぞきみした若い日も

水墨画になった
砂紋が　すけてみえる渚で
うずもれた流木

とおく
比良に
血沈の陽が　落ちてゆく

詩篇　Ⅱ

黙契

家を出るとき　位牌を束ねて
運転台に乗せてきた

大中の湖干拓地に　入植して
やっと　仏壇ができたので
先祖の霊を　祀りこんだ

ローソクの焔が静止して
香煙が垂直に立っている
母は　合掌したままだ

無神論者だった父が
だまって拝まれている

みていておくれ

湖底から蘇生した　ウイロのような大地

ぼくらが求めた新しい母胎
あるくと　ひびき　ゆれて
おもむろに萎縮してゆく無尽蔵の新天地

この大中の湖干拓地の沃土から
弥生の農耕聚落の遺跡が発掘されたのだ
かつての先住者たち
ヨシ　ガマ　マコモの群生する水郷で
カモ　や　モロコを追いまわした
琵琶湖の主役たち
知っているのは　比良か伊吹か

みていておくれ
ぼくらのドラマを
スクモのなかに　ねむっている
弥生の　まぼろしたち

湖底から蘇生した一千ヘクタールの母胎を
コンバインとカントリィの農業を
みていておくれ
現代娘のような
アイシャドウした真昼間のお月さん

水郷にて

春色安土八幡水郷のよしが
いっせいに　芽をふく
羽替えしたようだ

地がもが巣をつくりはじめる
連れあいが　首をのばして
見張っている

すいみん

受精をおえた豚の腹をなでてやると
ごろり　と横になる
しゃくれ鼻の奥から　声でない声を
もらしている
—この分だと　大きな孕みに違いない

彼女も満ちたりたように
ねてしまった
風が肌をなでると
汗ばんだ鼻の奥から
声でない声を　もらしている

休耕

おやじさんは
ひる間　出稼ぎ　夜に耕作する忍者だ
おふくろさんは
いも虫のように腰をまげて
田の草むしりする行者だ
ふしくれだった手　しぶ紙の皮膚では
先祖の田は守りきれぬ

土をなぶるのが　こわい息子たちに
親の老け込んだ姿が　かなわぬ娘たちに
もったいない　もったいないの話は通じない
週休二日でも手伝う気がない
レジャーは都会生活をモデルにさせた

休耕田には　背高あわだち草が

むんむん生え　列島をむしばんでいく
猫の眼農政は　田をモテルにした

水田鏡

麦わら帽子に　あご紐
トラクターが　うなりをたてて
地平をかきむしる
ねずみや蛙に　おかまいなく
牧草田を　一挙に水田にする

転作の垢や　ほこりを一挙に水田にする
なみ　なみと水を張り
澄んだ空を　写そう
赫々と沈む夕陽を写そう
そして　ぼく本来の姿を写してみる

夜あけのうた

夜あけ
田園に立つ
日の出に　野菜たちの芽がさめる

キャベツの結球が　くくと鳴いた
西瓜が太り過ぎて割れはせぬかと心配だ
ナス　トマト　キュウリ　メロンら
玉露が真紅にかがやいて
ひかりを吸収している無心のひととき

太陽は　みるみる平凡なひかりになる
〝おはよう　今日もいい日和だよ〟

げてもの

ゆめのように浮んでいる虫を
あざやかに舌で吸引する
ぬっぺりとした顎を　くっと動かして
呑みこんでしまう
夜になると牛のように鳴く
梅雨期になると路上に出て動かない
捕えてみても泰然としている

その蛙を喰っている男
ひと切れ喰っては　ちびりとやる
酒さえあれば　毒にならぬと云い
思うさま　げっぷをはいている
そいつらは　何でも肴にして笑わせ
横になるや
大きな　いびきをかいている

鯰

水郷地帯の水かさが増す雨期になると
生い茂った　よしやまこもを動かして
ぬらりくらり　とやってくるものがいる

湖面より低い干拓地は
豪雨におびえて間断ない排水をつづける
計算通りの雨は降るものでない
ディーゼルポンプが真黒い排気煙を出している
排水能力の何倍かの集中豪雨は
必ず　やってくるという

豪雨にまぎれ　生い茂った　よしやまこもの
ねもとを　ぬらりくらりと
這ってくるものがいる

そいつは琵琶湖の主といわれた大鯰で
排水ポンプを砕いてしまい
もとの湖にしたいと念じている

詩篇　Ⅲ

春のうみ

みずうみの　やさしさは
桜前線にそって　やってくる
さわやかに　ひろがってゆく
鳰の朝なぎ
春を知るものに　凪いでみせる
この　ひととき

あし芽の萌え出るころ
ぼくは　せっせと百姓仕事に精を出し
かげろうのなかで　すっかり日焼けた
いま
ほほえみの美しい少女の幻覚にとりつかれた
少年のように
春のうみのやさしさに　むかいあっている

この湖は
夜ふけ
静振する

壺

土と炎が融けあった

淡い釉彩を
撫でまわしていると
あやしげな空胴に
肉の反応がでてきた

深い　すいみんに陥るまえの
女のような
血のリズムが
内側から　きこえてきた

うす陽のもれるような
流出が
壺の口からはじまる

或る寺院にて

悠遠な気韻をこめて未来にほほえみかける
仏像が　何処かにある
しかし　仏像よりも女が美しい　と思う間は
みつかるものでない

意識の底で　熱くなるものがある
そいつは官能を追い
ともに　ほろびようとする

醒める
灰色になった夢を　粉々にして焼香する
香煙が　たなびき　経文が聞える
無常用具も　置いてある

そんなのは　いやだ
合掌したとて　どうなるものか

硬貨をつまんで　ひょいと投げる
ころんこん　と寂しい音が返ってきた

石仏

石仏は
ぽつねんと　たっている
野ざらしのまま
茫乎として　倦むことを知らず
自然にとけそうな　苔を着て
生のほろんだ淵から
こちらを　みている

石仏は刻まれて　幾星霜
針ばばが突いた　おとことおなごの
深いかなしみの淵に立っている

うるおいの水が　刹那に干上り
胎がへばりつく河原で
石を積むこともできぬ胎児のかわりに

赤い　よだれかけが真新しくて
陽に泌みる

夕なぎのうた

みずうみは　やさしく　みぎわを
撫でている　打っている

田草とりをおえて
あしの葉かげで　躰を拭っている娘たち
もんぺの上に　麦わら帽子がのせてある
肌を水に照りはえる陽の縞が　なぶっている

陽が　落ちると
比良は切絵だ
うす化粧した　夕なぎが
ひたひた寄せてくる

みずうみは　やさしく　みぎわを
撫でている　打っている
あきもせず　やけにもならず
くりかえしている

古代ロマン
―かがり火―

石器のつち音を　ひびかせて
弓矢を作った
狩人の精悍な　まなざし
噴火や氷河から逃がれて
河と潮のぶつかる　砂浜で
貝殻を拾い集めて　首飾りをこしらえた
毛皮のひとよ

ひとが少なすぎて　けものみちに堕ちそうな
はかないいとなみの前日本人《プレヤポニカ》
かがり火を燃やしつづけて
ひととのふれ合いを待ちこがれていた

照葉樹林の実を拾いに　土器を抱えて
独木舟《まるき》でやってきた
縄文のひとと
はじめて逢引した　ときめき
かがり火は　いつも私の血に燃えたぎり

土と炎の媾合した土器のかけらを
執念ぶかく探させる

花摘寺

浜街道の　みちしるべ
暮れ六つの鐘の余韻を　たぐり
白鳳の　こよみを　めくる

みずうみの水運を　たより
あし原の　さざなみを　かきわけ
稲がみのる　屯倉の田地
船をこぐ　つわものの櫓先に
銀鱗が　躍ったか

比叡の　夕映えに

紅こうもりが　群れて飛ぶ
つかのま

甍《いらか》をつらねた　大伽藍が投影する
湖南仏教の華麗なまぼろし
礎石　軒丸瓦　軒平瓦の謎かけ
花摘寺の　寺名は残された

曼珠沙華の　緋の法衣だけが
廃寺跡の　やぶのかげりに
炎えている

続　花摘寺

あかねさす夕
紫雲英《れんげ》　咲く　たんぽぽみち

草ひばりが　下りつくところを
探そう
花摘み娘が　ねそべってはいないか

寺が沈み
まるい月が　うっすらと化粧する
宵の娘は　花摘みざかり

へそ村　浮気村　穴村　界隈のことは
あしうら観音さまに　お聞き
手毬　あやとり　かくれんぼ
花摘みうたは　何処へいった

菜生間《なおま》の伝説
菜のはなばたけの　機転
花摘み娘は　なのはなだらけ

註
菜生間《なおま》の伝説
聖徳太子　物部守屋に追われた際　農夫とつさの機転から　畑の穴倉に太子をかくまい土をかぶせて菜種を蒔くと　たちまち菜の花畑となる　太子は菜生間の姓を与え霊験を後世に残したのが　あしうら観音である　花摘廃寺跡は隣接の下部町にある―

―近江文化財全集より―

春の河

水量は　ゆたかであった
渦は　微笑していた

つり糸は垂らされたまま
こころの浮子は　ぴくぴく動き
浮遊していた

彼は一度もつり上げたことがない
過ぎた流れのなかでは激しく渦巻いたが
流れも変り　つり場も見失なってしまった

毛針を知らず
もはや釣り糸に針もない
水面の微笑だけを釣っている

詩集『地平』より

Ⅱ　なのはなばたけ

なのはなばたけ

雪が降って寒が居すわればいい
春には　きっとお前らの出番がくる　と
白菜の頭を　わらでくくってやったが
暖冬で　野菜たちの目が覚めてしまった
キャベツや白菜が球裂をおこして
ちぢかんだ花芯が上ってくる
市場は暴落つづきで出血出荷もできぬ

野菜をつくるということは
目覚めぬ野菜たちを　そっと出荷してやらねばならぬのだ
春を知った野菜たちは　もう眠らない

どの野菜たちも笑いかけている
あほらしゅうて怒りもならず
せめて蝶々がもつれあう　なのはなばたけで
女房や娘たちを粧わせて
花見の宴でも開こうか
——そんなことは　やけくそで
トラクターがうなり蹴散らせてしまう

なのはなは土にまみれ鮮やかに点在している
数日後に　なのはなは首をもたげるので
だめ押しの耕転がなされる

麦秋

コンバインに乗って麦刈りをする
無数の麦穂が　風にゆられ
大波となる視界を　つきすすむ
刈りとり脱穀された麦わらは
後から吐きだされ　生麦は袋にたまる
ほの青く　割れ目ふっくらと
生臭い
田隠《がくし》の　雲雀の卵に触れたときは
空で　しきりと鳴き声がした

野火

麦わらを　ヘイメーカーで集積し
風向きを考えて　火を放つ
焔よ
思い切り燃えあがれ
あたりは　田植が済んでいる

麦稈の油が黒煙をあげて視界をさえぎり
酸化焔が　とぐろを巻いて
空に噛みついた
　空襲下　何度か焔の下をくぐってきた
　そのたび〈食わず〉がでたっけ

一ヘクタールの麦畑は　ものの三十分で
焼けてしまう
煙が空に消え　田面に黒い灰が残る
もの静かな夕ぐれにかえると
転作田の野帳が立てられ
余剰米の怨念は燃えきれず残っている

※〈食わず〉とは餓死者の亡霊

麦だより

転作田に麦をまく
麦作転換で安楽死したはずの麦が
水田再編で甦生した

ビール麦は　コンバイン脱穀すると
発芽率がおちるというて
飼料麦に格下げだ
それでも梅雨期までに塾するので
ビール麦をまく

麦作れ　米休め　大豆や牧草をつくれ
奨励金で操作される農民になってしまった
外麦戦略は　消費の舌をかえてしまった

冬　麦踏みながら考える

笑冷金と安楽死

土の日

収穫の　よろこびを
うちにひめて稲刈りをする
コンバインから見おろすと
追肥や除草の良し悪しが穂波にあらわれている

実りのよろこびは袋にたまる
袋の数で　とれ高がわかるが
余剰米だ　食管赤字だ　といわれる
米となる

減反六十万から八十万ヘクタールの
米ばなれが予想され

「土に生きよ」
「自然にかえれ」
と　土から離れた文化人がいう

湖国では
十一月十一日を「土の日」に決めた
土は自然の土台だ　国土だ
国土からとれる食べものをみつめる日だ
といいながら
収穫をすくえない

冬耕起

トラクターが　うなりをたてる
無数の稲株が消えていく

冬眠蛙の鼻つらを耕起する
蛙は　花前線にそって鳴いたコーラスを
大地の盤に録音したままだ
俺の仕事も同じ盤の上を廻っている

エンジンを止めると
あたりの静もりがかえってくる
稲転や自由化の話しで気鬱である
とびが急降下して　蛙をつかみ
ひょろ　ひょろと鳴いた

冬は　凛と寒が居すわるのが　いい
耕起した田面に　霜柱が立つといい

寒気団

小鳥殺しの寒気団が
一夜のうちに
白い地平をつくって居すわった

小鳥たちは　とまどい
雪除けの路上に群っているが
餌になるものは何もない
飢えと寒さに堪えられぬものは死ぬ

耳では
屋根雪の雨とゆに落ちるリズムを聞いている
それは　とおい祖母の糸つむぎ
わら打ち　まき割り　米搗きの
清貧な暮らし

目では
雪見障子を　暖房でくもらせて
資源戦略の映像をみている

農具のうた

水田を青く刺繍する田植機に乗ると
早乙女たちの田植うた

トラクターに乗ると
牛の尻をたたいた唐鋤まんぐわの
田すきうた

コンバインに乗ると
手刈り　稲木　足踏み脱穀機の
とり入れうた

カントリーエレベーターでは
陽干し乾燥　臼すり　俵結いうた

朝星夜星の農具たち
いまは手にせぬ農具のうた

稲

分けっ期の水田に
陽が　かげりだすと
稲の葉先へ
小さい露が　いっせいにころがりのぼり
尖端から　こぼれる

幼穂を　はらみだすと

葉っぱは垂直に立つ
下葉にも　ひかりを受けさせる
ときを見計らって穂肥をやる
粒子が決まるのだ
堅い茎から穂の出る　いたみ
水を　たっぷり入れてやる

淡い花穂がわれ　いとけない芯に
無数の結実が　はじまる
花穂は　ひかりを閉じこめて
ひと粒の米を宿すのだ

穂は徐々に登熟し　頭を垂れていく

西瓜づくり

親づるは本葉五枚で芯をつむ
子づるは五本支立てにする
七節目に雌花がつく約束になっている
孫づるは出来るだけ摘心する

熱帯夜が近づくと
つるが　かま首をもたげ地平を這いあう
もつれあった　つるとつるのジャングルに
小さい球がとまる
うぶ毛で原形が被われ
葉っぱのかげで　しっかりくっついている
球貌は　まさしく西瓜だ

毛細管の根毛が地中にはびこり
大地の養分を吸収する

乳肥《ちちご》えをやらねばならぬ

ああ　その根っこから　つるをつたい
葉っぱいっぱい　お陽さまにみつめられると
球がふくらむ　ひみつ

蜜ばちが　うなりをたてている

ぼんた西瓜

水無月にならさぬと
夏本番に　勝負ができぬ
七節目に　めぐってくる雌花の開花日
わる運の雨で　花粉がしめり
雌花は　葉っぱのかげで濡れている
雄花を　そっと合せてやるのだが

球がしなびて　おちてしまう

着果しないと　気がもめる
雄花は　何時でも咲いている
一本に五個ならさんと儲からぬ
一番なりが着果すると養分を吸収するので
二番　三番が　とまりだす

一番なりは　植勢の調節に使われる
ぼんた西瓜だ
時期を見計らって　摘果する
そのタイミングと決断が
商品にさせるのだ

茄子

茄子は　あだ花がない
芯が落ちると
白い目をむいた実がつく
日々　青黒く実が太り　なり下がる
蕚に棘が立つ

夜あけ
生々しい実に　指紋をつけぬよう
手袋をはめて　鋏でもぎとる
もぎ忘れると　すね茄子になり
どんごろすの袋につめて漬物ゆきだ

秋たてば　実は小粒にしまる
浅づけの茄子
銭を出して食べるひとのうまさがわかる

冬大根

冬大根は通常雪の下という
葉っぱが傘状に己の身を被っていて
凍に強い

豪雪になると　大根の価が上るので
雪田に立つ
大根の葉っぱを　まくり上げ
白い肌を　にぎりしめて
ぐいっと引き抜く
土に　しがみついている根が切れる
かすかな音がして
大地に　穴をあける

その穴を踏んで
雪の上に　ずらりと並んだ

肌のならびをみる
尻細　尻なが　肌地のしまり具合など
刺身や鍋ものに　おろされる
それら　すずしろの肌を洗ってやる
双股大根は特別かわいいので
自家用にする

たね芋

つくねのたね芋は
黒ずんだ　くしゃくしゃの顔に
土垢をつけている
表裏が　わからぬ
たしか　根尻のない方が表であろう

そのたね芋を　二つ切り三つ切り
春の彼岸に植えて
霜枯れまでおく
枯れつるの根元を大事に掘ると
つくねた芋がいる
なかには　たね芋がなり変ったままのがいる
冬越しのたね芋は　陽なた土に保存しておく

たね芋は　春を知っている
黒い　くしゃくしゃのからだをつわらせて
くぼみから　つる芽を萌やそうとする

そのつわり芋を
すり鉢で　ゴマ味噌汁とまぜてすりつぶし
生卵を入れて　とろろにする
春を知っているたね芋のねばりだ

蚯蚓

夏の夜　星あかりに　みみずがなくという
地虫や蟋蟀と同居しているので
もらいなきするのだろうか
土用になると地面に出て陽干しになり
蟻に引きずられていく
もぐらに常食されるので住みづらいのか
いびられて地面に出れば
蛙　とかげ　鳥たちら天敵だらけ
だから　みみずは両性体で
みみず算では年千匹にもなる繁殖力をもつ
みみずは腐蝕した植物の有機質を栄養として
糞を排出する　糞は即土になり
植物が好む土になる

みみずは目がないので目不見《めみず》ともいわれ
みみずのたわごと　ぬたくりのみみず書と罵倒さ
　れるが
五分のたましいみせぬまま
死骸は　浄土になる

Ⅲ　毛虫

地卵

夕ぐれ前に
にわとりを庭に追い出してやる
決ったように　たにしの糞をする
蚯蚓や百足を平気でたべ
こころもち首をかしげる雌どり

雄は羽搏いて首をしゃくり
どすのきいた声を　ふりしぼる
羽振りをきかせて有精卵をつくる

地べたに　しゃがむ雌は
巣ごもりの兆だ
縁の下から割れ茶わんをとり出して
細く砕いて与える
うす暗くなると　止り木に戻っている

地卵に　小さい穴をあけ
病人にのませたものだ
空殻で起き上り小法師もつくった

∴

いま
何万羽単位で生産される殺菌密室鶏舎《ウィンドレス》では
色調強化剤
排卵促進剤
何やかや入りの飼料をたべ
照明装置であやつられて寝起きし
たにしの糞をするしぐさの身ぶるいをしては
産卵している

漁法　1

清冽な渓谷の岩石めがけて
岩石を投げつける
その　にぶい衝撃音と水しぶきの
おさまる底から
ときとして　岩魚が浮んでくる

この衝撃漁法は
癇癪持ちの古代人が思いついた
いまも玄能で河の石を衝撃する漁法がある

漁法　2

えごの実　山椒の実　蓼の茎を
砕いて水にさらし
かきまぜる

浮き雑魚があばれ　腹をかえす
うなぎ　鯰は出てこない
深淵や湧水のところは　ききめがない

木の灰汁で茶色になった手で
獲れた魚の　腹を抜く
天井から吊り下げた串刺しに
焼魚を保存していく
時々火をとおし　お茶で煮詰めると
丸ごと喰える

活づくり

水を切られた　まな板の鯉は
刹那に観念するのではない
濡れた衣に包まれると半日も生きられるので
気を伺っているのだ
突如
刺身庖丁が　背を走る
両背を切りとられ　皮をはがれる

頭と尻尾を生かされて
大皿に盛りつけられる
大根パセリのけん　人参ワサビがきいている
—切り刻まれた身のふるえ—

活づくりの目に
ひときれ　ひときれ　除かれていくわが身の
彼方はみえるか

三十三回忌

ふんどし　腰巻　もんぺ　ぱっち
いっしょくたにして
にえかえる釜に　ほうり込んだ
幼女の髪から　しらみがこぼれた
鍋の底をこそげて　おも湯をすすった

米一升で　女はあやしくなった

あれから三十三回の盆がきた
かぼちゃ　さつまいものつるをたべた
そのつるのたぐれる向うから
食いはぐれた亡霊が　こちらをみている

米を作りたくても作れない
あり余る米に悩みながら
食糧難時代に死んだひとの位牌に
大きないち膳めしを供える

墓地移転

墓地移転の儀式に参列した
先祖の墓の土を　ひとつまみ

古式にのっとり新しい墓地に移した

正念を抜かれた石碑をとりくずし
新しい墓地に積みあげて塔にした
墓地跡には　父の亡骸や
先祖代々の骨がある

かつて村の葬儀には寺行と野行があった
寺行は三人で無常用具を担いでくる
野行は五人で墓穴を掘る
女房が孕んでいるとパスされる
古穴からは頭骸骨や一文銭が出た
送り火をたいて酒をのみ　棺桶を穴に埋めて始末
　をつけた

もうそんな土葬をすることもない

画一化された共同墓地には

新しい石碑が整然と並び
草葉のかげもない

人魚

みずうみの碧い淵に　人魚が住んでいた
しずかな水色の部屋で
魅惑の部分を水藻でつつみ
尾びれくねらせ　遊泳していた

大鯰が　のさばって
湖底を　なまぐさくするので
人魚は河川を上って伝説を生んだ

日野川堤に　人魚塚がある
願成寺では人魚の秘伝を祀っている

観音正寺では人魚のミイラを祀る

嫁不足の沖島では
魚貝供養を肴にした　ほろ酔いの漁師たち
魅惑の部分が魚になった人魚をみようとは思わぬ
魅惑の部分を水着につつんだ
人魚を探している

毛虫

毛虫が　路上をよぎっている
からだを伸縮させて
ひたすら移動している

車が　とおるたび
潰されていく　道中の
彼岸のとおさ

毛虫は
車のことなど
知らない

蝶が　もつれあって
路上を越えていくことも

詩集『定本・牛』より

子牛市場

家畜市場は子牛の鳴き声で騒がしい
はじめて親と別れてきた子牛が
繋ぎ場で番号順に並べられ
泣きべそかいた濡れ鼻をなめている
飼い主が最後の毛並の手入れをしている

出場子牛の明細書を片手に
生年月日をみながら
サシの血統で　毛並の良否をチェックする
せりは電動式で最後のボタンを押した者が
購買者となる

気に入った子牛のせり順には
電光掲示板をみながらボタンを押しつづける

〈利は元にあり〉

導入

都城から和牛の子牛《べこ》がやってきた
輸送のストレスが大きくて
牛房で首を下げ　ぼけている
ビールを飲ます
肛門に体温計を突込んで熱を計る
鼻をたらして泣きべそかいている

ゆっくり休ませても反芻しないとき
獣医は他の成牛の口へゴム管を突っ込み
胃液をとる
バケツにたまる胃液のとろろを
ビール瓶で子牛の咽喉に流し込む

翌日になると
反芻しながら堅い糞をぽろりとこく

鼻の乾きがとれ鼻紋に汗をかきだすと
食欲を出す
正常な糞が排出されるまで目をはなせない
牛房に慣れ
ゆったりねそべり
反芻のリズムを聞くまで気が許せぬ

二週間たつと輸送保険が切れる
事故を起こすと手前もちだ

繁殖牛

牛は上あごに前歯がない

だから噛みつかぬ
地草を舌で巻き　ちぎり食べる
わらや餌も舌で巻き入れる
下あごの前歯は二本ずつ生え変る
二本生え変ると　二歳牛
四本生え変ると　四歳牛
六本で丸歯といい　六歳の成牛となる
それぞれ半年毎に生え変り　虫歯はない

牝牛は生後十八ヶ月齢で種付けが始まる
脂肪太りに育てると種が付きにくいので
牧草や乾草を与え運動をさせる
排卵周期は　おおむね二十一日間である

牛は産のたびに　角の根元に輪が出来る
経産牛のしるしだ
何産したか　すぐわかる

初産で子出しの悪い牛は
霜降り肉の相場で売りとばされる
三産もすると肉質が堅くなるので
七、八産させて老廃牛で売る

発情

母牛に発情が　こない
産後　五十日でくるのだが
子牛が乳房を吸いきるので
栄養不足にならぬよう　餌を増加する
牧草を与える
ビタミン剤を添加する
日光浴をさせ　躰を掃いてやる
尻を撫でながら　陰部をみる

尻をふって嫌がるときは　駄目
鳴かない牛もいるので
尻尾を摑んでみる
濡れ具合や色あいで鑑定する

体調が整い排卵周期がめぐってくると
母牛は己の子牛を追っかけ廻す
人間が牛房内に入っても　のっかかってくる

それ以外は　絶対に発情しない

種付け

牝牛が発情すると　大声でなく
しばらく耳をすましているが
せつなさがこみ上ってくるのか
身が焼けて狂おしいのか
牛房内を走りまわる
それと知るや　授精師を呼びに走る
女房は湯を沸かす

発情の時間を見計らった授精師は
冷凍ボンベに精液のカプセルをいれてやってくる
牛の陰部から垂れる粘液をしらべ
うすいナイロン製の手袋を肩まではめて
肛門から糞を除きながら腕を突っ込んでいく
しめつけられながら大腸のおくで
卵子の熟度をまさぐるのだ
牛は　見当違いの目をみはる

湯で暖めた授精器具で腟内を開く
精液のカプセルをはさんだ細長い管を
照明された赤いトンネルの奥に

息をころして注入する
これで　よし
尻を　ぱちりと　たたきつける

牛房の柱に　日時と種牡の名が貼りつけられる
二ヶ月もすると妊鑑が行われ中入り牛となる

分娩

袋がやぶれ　母牛は陣痛《しきり》にふるえ鳴きながら
子牛を産みおとす
そのあと　子牛をなめつくす

産毛が乾くと子牛の毛並みがひかる
立つ　よろけ立つ
母牛の乳が　こぼれる

子牛は　四本の足で踏んばる
盲のまさぐりが
乳ぶさに吸いつき　突きあげる

初産の母牛は　いたみに堪えて鳴く
乳房の　しこりがとれるいたみだ
四本の乳首を交互に突き上げ
初乳をのんで　はじめて子牛のふるえはやむ

母牛は　胎盤をたべて産褥の始末をつける

授乳

夜の間に和牛が子を産んでいた　初産である
子牛を舐めつくし後産も片附いている
牝子《めんこ》だ

時間が経っているので乳房が自然放乳を起している
ふるえながら母牛の腹の下をまさぐる子牛を
母牛が蹴飛ばしている
ひ弱いので乳を吸うタイミングを失ったのだ
その間に乳房がしこって痛む
乳房炎になるので母牛を牛房から引張り出し
後足を柱にしばりつける
乳房のしこりをとるために
母牛の股下から乳房をさする
四本の乳首を交互につまんで放乳さす
陰毛から　しずくがもれてくる
乳房がほぐれると
子牛に乳首をあてがう
舌で巻き込むと勢いよく吸いはじめる
体を震わせていた母牛は
いつしか目を細めている

牛舎内の牛たちが　みんなこちらをみている

去勢

牡牛が一五〇キロに成長すると
去勢する
イージーカットのゴム輪を器具にはめ
陰嚢縫線にそって睾丸を　ひとつ
もうひとつ　押し込み
つけねで器具をはずす
ゴム輪は精系をしめつけ血液を遮断する
牡だけしかわからぬいたみだ
ときがたてば腐って　おちる
牛床におちたそれを嗅いでいる

餌でもない　糞でもない
きれいなまなざしで　じゃれている
おとなしくなった牛たち

尿道結石

和牛去勢《ぬき》の尿道は凡そ八十センチの細長い管だ
濃厚飼料で肥満児に仕上げるには尿道結石に注意
　せねばならぬ
膀胱が破裂して死ぬからだ
陰毛に塩石が附着すると注意信号である
予防のため塩化アンモンをのませて
排尿をうながす
排尿するまで　みとどけねば油断ができぬ
仕上り近くなるとビールを飲ませて排尿を促進さ
　せる

それで肉質がよくなるという俗説もある
膀胱破裂寸前には苦しい鳴き声を出す
尻尾をふりふり　しゃがんでいく
獣医は　肛門から手を突っ込み　膀胱に注射針を
　差し込んで強制排尿させる
獣医が丸い小さな石をくれたことがある
尿道に詰った石だがパールのようだった

牛狂《うしきち》

和牛の毛味《あじ》は質を選ぶ第一の条件だ
黒毛勝ち赤毛勝ちの肌身の弾力を
手でなでる

もち粥を食べさせ
「こすり儲け」といって
藁と刷毛で肌をこする飼育法がある
脂肪交雑を入れるこつといわれている

血統　体形　毛味　角味のよい牛
共進会入賞の栄誉が甲斐の男を
牛狂と揶揄する

採算は一応度外視である

斑紋

乳牛の肌毛には　白黒の斑紋がある
白い斑紋から白地の角と爪が生え
黒い斑紋からは黒地の角と爪が生える
四つ足とも黒毛の牛はなく
両耳とも白毛の牛もいない
尻尾にも白黒がまじっている

斑紋は登録乳牛の規格に定められている
ひと目で判別できるので
個体識別は写真で保存される

反芻

ひる下りの牛舎では
ねそべった牛の反芻音がきかれる
それは　かすかな心地のよいひびきである
大きな顎の臼歯で念入りにすりつぶす
満ちたりた喜びに違いない
その回数の多い牛ほど　よく肥る

反芻するたび食道を通過する餌のふくらみが上り
　下りしている
胃袋を四つに使いわけて餌を噛む楽しみかただ
牛に　よく噛めと云い聞かせもできないので
酵母菌を添加する
乳用牡犢は通常　八キロの餌を食って一キロ肥る
それ以上肥らす技術が儲けのコツである

角

牛に藁たばをみせると
角をつきたてたがる
牛のじゃれかただ
ただ牛房のちがう牛が入ったときは
本気で角を組み合わせる

去勢をしそこなった牛には太い角が生えて
牡貎《おすがお》になるのでやり直しをする
怯えると
柵から急に顔をひき
はずみで
角の外殻が抜けることがある
血だらけの耳をふって痛みに耐えている
抜けたあとの角芯は柔いので
8の字包帯でもう一方の角にくくりつける

鼻

牛は鼻環を入れられる
掴みよいからだ
鼻環を摑むと一瞬後退する
腕力に自信がないと振り廻される

牛柵に鼻環を引っかけると大声でなく
はずす術も知らず後退するので
鼻が裂けるか鼻環が砕けるかである
鼻が裂けても餌は食べにくる
投縄で角をしばりつけ　ほほぐくりする
出荷に困るからだ

牛の鼻紋は指紋と同じで
血統書には鼻紋が登録されている

糞

牛は餌箱に足を突っ込む
糞をひっかける
他の牛から
顔や胴にひっかけられても平然としている
寝たまま排糞する不精ものだ　が
ねるまえには
牛床のきれいな場所を選ぶ

牛は餌と藁を食い水をのむ
二十キロから三十キロの排泄をする
夏には　蛇口を開けたような排尿だ

牛柵を動かす音に反応して
牛は　いっせいになく
糞出しの掃除をしてもらえるからだ
新しい挽粉を入れた牛房に移すと
奇声をあげて　はね廻る

牛のよろこぶ糞出しを　まめにするのが
増体のコツである

※挽粉…製材オガ粉

老廃牛

繁殖牛は凡そ七、八産もすると
老廃牛となる
喰う　反芻　寝る　排泄
発情　種付け　分娩　授乳をひたすら
くりかえしてきた

もう発情しない
糞が肛門にたまるので婆糞《ばっこ》という
反芻物を口からこぼす
餌を与えても採算が合わんので
安値で売る

十年つきあった牛は
おとなしく車に乗って
こちらをみている

出荷

出荷時の和牛を体測する
出荷ロープを角から鼻環に通す
枝肉の重量がわかり　儲けもはじける
満肉に仕上った牛は　やたらに手をなめる
じろりと横目でみる

牛を並べ

背に出荷番号をスプレーで書く

産地　血統　毛味　角味　蹄などで
脂肪交雑の予測をする
特選　極上　上　中　並の格付けがある
上物以上でないと採算が合わぬ

輸送ストレスを考えて餌はやらぬ
水も飲ませぬ
荷札を角の間に　くくりつける

半日も繋いでおくと
すなおに輸送車へ乗ってくれる

※脂肪交雑とは俗にサシといい、霜降り肉のこと

出荷牛

肉牛が　ゆっくり反芻《はんすう》している
太い首の食道のあたりに
餌が上下しているのがみえる
静かにみつめていると
反芻音が　ここちよく聞こえる
内臓はドラム缶ほどもあり
仕上りになると八〇〇キロにもなる
起きるとき　後足を滑らすと
股開《またびら》きになって起立不能になり
事故牛の赤札つきになる
肉質上物をねらって肥育する
その限界に達した牛の出荷は冷汗ものだ
無事トラックに乗ってくれた牛の
角の犇《ひし》めきに出荷伝票がみえる
伝票には牛の戸籍が書いてある

セリ市は生体で値がつけられる
肉業者は牛の中味を見抜いている

牛根性

出荷の牛が動かぬ
押しても引張っても牛房から出ない
背や尻をなぐると肉質が落ちるので
鼻と角と尻尾を引張る
牛は　便をしびり　しゃがんでしまう
トラクターで引張る
鼻が裂ける　尻尾が折れる
どんな拷問でも堪えるしぶとい目つきだ

牛根性には叶わぬ
ショベル　で吊り上げて車に乗せる
八〇〇キロの肉塊が涙を流す

屠殺　(1)

血みどろの油が充満している屠場内に
俺の牛が　引張り込まれる
面旋《めんせん》にピストル
ばすっ　と一発
ワイヤで自律神経を刺されると
四つ足が空を蹴る
屠夫は魔術師だ　悪阻木《つわりぎ》の皮を剝ぐように
赤裸にされたとき　足も首も尻尾もない
内臓は　かきわけられて　それぞれのコーナーに
　仕分けられる

電ノコで脊髄をまっぷたつ
一対の枝肉となって　吊されていく
皮を剝がれた白い顔がこちらをみている

血溜り壺から汲みとっていく女は
影のように消えていく

ときに　俺の牛の枝肉と対面する
小刻みに　けいれんして
血が垂れている

屠殺　(2)

屠場で順番を待つ俺の牛が
ゆっくり反芻している

入口に引き込まれると一対の枝肉にされ
吊レールで冷蔵室に運ばれていくことを
知らない

巨体が一瞬床に落ち　放血され　皮をむかれ
首をはずされる　内臓を仕分けるコンベア
背を二分する電ノコのひびき　臓器が並べら
れ　検疫を受ける　生首から舌つきの天肉が
抜きとられると　頭骸は夜叉の面だ　蹄や尻
尾や生皮は別々に数えられる　腸内の排糞と
胃袋内の未消化な餌汁が　外に運び出され
きれいに水洗いされるが　脂肪光りの床が血
垢でぬめる。

牛は　ゆっくり反芻している

脂肪交雑《サシ》

ぬくもりのある枝肉を温屠体という
体温が冷え　冷蔵されると
硬直した冷屠体となる
あばらを切って四分体にすると
サシが鮮明にみえる

枝肉はサシで格付が決まる
サシを入れるには血統が半分
飼料や肥育技術が半分といわれるが
その科学的な根拠はない

一キロの枝肉をつくるのには８キロの飼料が必要
　である
この飼料効率の悪さが
日本人好みのとろけそうな
ビーフ・ステーキとなる

肉牛飼い　(1)

あどけない子牛が　車にゆられてやってきた
ここは大中の湖干拓地だよ
お前たちは　ここで肉牛に仕上るんだよ

子牛たちは　ふるさとの空を慕って鳴く
鳴くだけ鳴くと　餌を与えるものに
なついてくる

牡と牝が別居する頃
ほほぐくりの子牛に鼻環を通す
記号入りの鼻環を　ふるえながらなめまわす
月に一度増体測定をする　増体率を記録され

一定の枠内で肥らす仕組だ
牡牛の目が輝いてくると去勢用具で一挙に切断す
る
その一瞬　うなり叫び　しゃがんでしまう

和牛の牝よ
その優しいまなざしが　あやしく燃えても
ここは牢のなか
この枠から逃げられぬ
喰わせ喰わせ十八ヶ月
そして　ゆっくり反芻させ
肥満した女傑に仕上げてやる

肉牛飼い　(2)

生み落とされたときから乳房をまさぐるすべもな
く　人間の指を乳房がわりに吸わされてきた乳
用牡犢たち
ハムの工場に売られるまでに買取ってやらねばな
らぬのだ

ひとなつっこく哺乳をせがむ　服を吸い長靴を吸
い　たがいの耳を吸いあっている
ぼくの指先は哺乳さすときの舌のすさまじい吸入
力で　つるつるになっている

虚弱な仔牛は育成テンポを遅らせてクラスを別に
する　あどけなく孤独な仔牛は母牛を呼びなが
らやせる　そして落伍してしまう
そのとき　ぼくの指先は聴診器になる
淘汰の決断にせまられるのだ

生後一五〇日になるとクラスの編成がえをする

計量・去勢・鼻環通し　一日1.1キロ以上増体せ
ぬと輸入肉《チルド》に負けてしまうのだ
お前たちも同じだ　競争に勝ったものがボスと
　なってクラスを牛耳ってしまう

やがて耳うらにホルモンを注入され　ねそべりな
　がら一定のコースを自律神経だけで過すのだ
　夢のなかに緑の草原がでてくるか
わびしいペニス　肥満児の小さなペニス
牡どうしがのりあっては　どっかり尻もちをつく
糞と尿との個体観察をするぼくのそばで
思い出したように　ひからびた藁をしがむ
生後一年半になると七〇〇キロの巨体に仕上り牛
　舎が犇めくころ
出荷がやってくる　牛の前で屠場の話をするもの
　でない
鼻を摑まれ　出荷番号を背に運送されていく
冷えた糞が残る

数日後一枚の伝票がくる

赤提灯（1）

服を　なめにくる　ざらりとした舌は
何処にある
ひれ　ひれ　と刻まれた臓物
ミノ　テン　タン　センマイ　バラ
鉄鍋のなかで　ちぢみ上り
盃が　ころげる
たべられてしまう　ということは
倖せなことなのか
機嫌のよい満腹感は　牛が時間をかけて

反芻したものだ
そいつのお陰で　底抜けに明るい猥談が
けむりとともに立のぼり
悪霊の赤い提灯が　ぼくの顔をそめる

赤提灯　(2)

身体が資本の愛妻家どもが
不思議にひきつけられる　赤い提灯

そこでは　牛の内臓が焼かれている
にんにくとタレの強烈なホルモンが
コップ酒を　のますのだ

はしたないことが　とめどなく反芻され
とろりとした　よだれが気炎となって
蒸発していく

臭いものをたべると女が嫌うけれど
上品も下品も裏も表も　みえない酔眼で
夜ふけの裏街に　ころげ出る
畜霊のような血溜色の提灯のそとに
ころげでる

赤提灯　(3)

畜霊の魔除けの赤提灯
ホルモン焼きの匂いが
地下足袋の男たちを
呼んでいる

じゃじゃと　縮む肉片は

排尿をなめあいして剽軽な笑いを浮べていた
舌だ
リアルな牛を知らない貧婪な食欲が
男たちを　よろこばせている

赤提灯（4）
―スカート

輸入ホルモンの横隔膜をスカートという
屠場では「さがり」ともいう
横隔膜は内臓筋のしきり膜である。
スカートまで関税をかけるとは　と
主婦たちが目くじらをたてている
肉屋の店頭で
「スカート下さい」
とはいえない
スカートを張り合わせて
ファミリー・ステーキをつくるという。

インサイド・スカート
アウトサイド・スカート
と、引張りだこで
どちらも関税をかけられた。

毛球

腹をなめる牛は　牡牛《こっとい》を産む
はらのなかで元気に動くので　そういうのだ
なめた毛肌が　波うってみえる

母牛は　産み落した子牛の乳糞《がにばば》をなめとる
排尿もなめる
そのときみせる　フレーメン

牛は嗅ぐ　舌でものにふれる
なめると抜毛が　第一胃にたまる
胃内で　ころがって球となる
屠場では　毛球《けだま》といい
こぶし大の見事な毛毬《けまり》ができる。

※フレーメン…「排尿をなめ、唇をとがらせる愛の動作」

舐める

和牛の子牛は生れたときから
朝な夕な　撫でてやる
小さい睾丸を　ちょろりと下げ
一週間もすると　とびまわる
一ヶ月ぐらいで　すっかりなつく
つかまえて　ほほずりすると
うわ目づかいで　舐めにくる
母牛も目をひからせて俺の服を舐める
舐めあうことで確かめあえる
親と子のきずな
免疫抗体もよろしく成長するのだ

一年もたつと鼻環をとおし去勢もされる

牛舌

牛の眸の長い睫のなかに　ぼくがいる
よく懐いて　手を出すと舐めにくる

牧草や餌を舌で巻き込んで食べる
満腹を反芻して　八五〇キロに仕上る
出荷すると二等分の枝肉にされて
肉質をランクづけられ　店頭に並ぶ
ぼくは　手を舐めにくる舌をみる
綺麗にスライスされた鹿子斑だ
牛は産み落した仔牛を　舐めて
舐めて授乳する　免疫をつける
舌の味蕾には　珍味貪婪の
よだれを秘めている。

牝

産み落しの乳用牝子牛は牡の半値である
発育がおそくて　始末もわるい
生理のはじまるころから
牝の牛房は　しっくりいかぬ
意地がわるくて　横ばらや尻を突きあい
生傷の絶えまがない
番長牛ができるまで　いじめがつづく
牝牛は粗食にして増体を抑えていく
それで牡より三ヶ月も飼育がのびるが
骨細で肉質も上々部止りもよい
喰い肥えた尻丸の見事な仕上りは
牡の残飼をかき集めて与えたものだ。

吸う

小学生が引率されて牛を見にくる
大勢があるくので　牛は目をみはる
ねている牛が起きる
起きると決ったように　排泄をする
みんな小さい鼻をつまんで笑う
若い女の先生も鼻口に手をあてて笑う

カーフ、ハッチの子牛に人気がある
乳用子牛は　ひとなつっこくて
手を出すと吸いにくる
子牛に自分の指を吸わせた子供は
動物好きになる

食文化

メルヘンのペットたちが
幼児といっしょに遊んでいる
子牛の　ベエコちゃん
子豚の　ブーちゃん
にわとりの　コッコちゃん
子山羊の　メーコちゃん
あひるの　ガアコちゃん

お昼の給食になると
ハンバーグになっている
ソーセージになっている。

『定本・牛』の意義深い魅力

伊藤桂一

はじめてこの詩集を読まれる読者は、その刺戟の強さに驚かれるかもしれない。しかし、ひきずり込まれてどうしても読み終え、そのあと当分、なにかにつけ、考えさせられてしまうだろう。

　この詩集の原型である『地平』という詩集は、第二十四回「農民文学賞」を受賞している。私は長々この賞の選考委員をつとめてきたので、農民文学関係の詩集にはずいぶんと眼を通してきたが、この『地平』一巻、とくに第一部の「牛」を描いた部分には、無条件に惹き込まれた。当然の受賞である。いま『定本・牛』を読み直して、さらに感銘を新たにしている。いくら読み返しても、これらの諸篇の持つ衝迫力はかわらない。

　この詩集では、食牛の一生が描かれる。一篇ずつの詩は、牛の、おりおりの状態を冷静に凝視し、これ以上にはできない、無駄のない抑制した筆で描写される。その抑制しきった筆の隙間から、この詩人本来の抒情（それがこの人の人間性ということだが）が、にじみ出て、したたる。その妙味が、私たちを酔わせる。酔わせる、というより、描き出される牛の姿のリアリティに圧倒されて、時に一種の畏怖感さえ覚えてしまうのである。

「授乳」という作品をみたい。

夜の間に和牛が子を産んでいた　初産である
子牛を舐めつくし後産も片附いている
牝子《めんこ》だ
時間が経っているので乳房が自然放乳を起して
いる
ふるえながら母牛の腹の下をまさぐる子牛を
母牛が蹴飛ばしている
ひ弱いので乳を吸うタイミングを失ったのだ

その間に乳房がしこって痛む
乳房炎になるので母牛を牛房から引張り出し
後足を柱にしばりつける
乳房のしこりをとるために
母牛の股下から乳房をさする
四本の乳首を交互につまんで放乳さす
陰毛から　しずくがもれてくる
乳房がほぐれると
子牛に乳首をあてがう
舌で巻き込むと勢いよく吸いはじめる
体を震わせていた母牛は
いつしか目を細めている

牛舎内の牛たちが　みんなこちらをみている

　母牛の描写の過程が、最後に、母牛自身の恍惚感と、牛舎内の牛たちの集団の表情をみせることで終るこの仕上げ方は、すぐれた力量をもつ映画監督の撮る一シーンのように、イメージとして完璧な結晶を示している。

　そして、そうした効果は、「去勢」で、去勢されてしまった牡牛が、自分の睾丸を、

牛床におちたそれを嗅いでいる
餌でもない　糞でもない
きれいなまなざしで　じゃれている
おとなしくなった牛たち

と描き出す、そこから生まれる微妙な哀感は、長く牛飼いの生活を重ねてきた人の詩心からでなくては生まれないものであろう。さらに「老廃牛」を屠場に送る時、

十年つきあった牛は
おとなしく車に乗って
こちらをみている

のである。どうしても屠場行きをいやがる牛は「牛

根性」にみられるよう、
ショベル　で吊り上げて車に乗せる
八〇〇キロの肉塊が涙を流す

という状態になる。まことに印象鮮烈だ。

実は私は、以前、竹内正企さんの、琵琶湖畔の干拓地大中《だいなか》で、彼が飼っている百六十頭の食牛の牛舎を見学に行ったことがある。しかし私などは、食牛たちの表情をみただけで、その現実に対処する方途もつかず、結局は、彼の書いた「牛飼いばなし」という随筆を読むことによって納得するしかなかった。その文章は、滋賀県の地域文化誌「湖国と文化」に発表されている。

〝牛を育てるには愛情が必要である、とよくいわれる。牛の肌に触れ、観察し、餌を与え糞を出す。まして子を産ます生殖行為は経営を越えたものがあるだろう。子牛はペットとしても可愛いものだ。しかし、牛は長いまつ毛の可愛い目をしているという人が、ビーフステーキを食べても不思議ではない。牛が流通マーケットを通れば牛肉となり、消費者は冷蔵庫から肉片をつまみだして楽しい食卓を囲むのだ。牛肉を食べるという行為、つまり屠殺解体という粛然としたリアルな現場を見逃すことはできぬ。ヒューマニズムの与件として、みんな知っていることを知らないふりをしているだけである。これは肉に限らぬ。食糧の原形はすべて動植物という生物であるということである。しかし生きるに必要な食欲が、それらを美化して打消してくれるのである〞

右の文章は、この詩集の重要部分を解明する役割をも果たしてくれている、といえるであろう。

この詩人の、もうひとつの素質をわかってもらうために「地平」の中の、牛を材料としない「稲」という作品を左に引例しておきたい。

分けっ期の水田に
陽が　かげりだすと

稲の葉先へ
小さい露が　いっせいにころがりのぼり
尖端からこぼれる

幼穂を　はらみだすと
葉っぱは垂直に立つ
下葉にも　ひかりを受けさせる

ときを見計らって穂肥をやる
粒子がきまるのだ
堅い茎から穂の出る　いたみ
水を　たっぷり入れてやる

淡い花穂がわれ　いとけない芯に
無数の結実が　はじまる
花穂は　ひかりを閉じこめて
ひと粒の米を宿すのだ

穂は徐々に登熟し　頭を垂れていく

みずみずしい農民の抒情、これはそのままミレーの世界ではないか、と私は彼にいったことがある。

琵琶湖畔に、近江詩人会という団体があり、鈴木寅蔵、大野新といった先輩詩人の世話で、毎月一回研究会が持たれ、詩誌「詩人学校」が刊行され、竹内さんも有力なメンバーである。彼の詩的力量の充実は、この近江詩人会に負うところが多いと思う。

詩集『定本・牛』は、単に詩集としての収穫のみでなく、他にさまざまな問題性と価値を持つと思う。そういう意味での異色の存在である竹内正企さんのこれからの仕事ぶりに、大いに期待していきたいものである。

詩集『たねぼとけ』より

I

もちもち節句

I

餅つきは　望月にあやかり
すべてまるく治まることの意で
鏡もちに　こもちをかさね　福もちとする
もちは目出度く縁起のよいものになっている

正月三日　盆二日　節句一日　事半日《ことひなか》
といった百姓の骨休めがあった
節句には　七草　小正月　雛祭　端午　七夕　重
　陽（九月九日）がある
事には　山神　花祭　地蔵　月見の外に「講」を

結んで「結《ゆい》」といい
会食をたのしんだ

小正月の日　もち米を蒸す薪で嫁の尻を打つと
男の子を懐妊するという俗信があった
男性上位二千年の歴史が男腹をよしとした
女腹は肩身がせまかった
いまは男が尻をつねられる
X精子は女の子種　Y精子は男の子種
石女も子もちになれる　受精卵移植

Ⅱ

もちつきは　女《め》どきの臼と男《お》どきの杵が
とりもち　あもつき　夫婦どき
もちつもたれつ　もっちゃりとした
もちはだの　もちかさね　もちあげて

もちあそぶ　もちあわせ　なごみもち
くるみもち　こもちつくれる　もちもち節句

雛もちは　ももいろの姫もち　さくらもち
黄色のくちなしもち　草もち　よもぎもち
みんなひきのばし切る　ひしもち　もちあられ
　もちおかき
端午《たんご》の節句　七夕《たなばた》　ちまきちんぽこかしわもち
あんこが　ひょっと出るので「ひょっとで」

ふんどしまたいだだけで　はらむといううた
若よめのなき臼　あんころもち　棚からぼたもち
はじらいたべる　雑煮もち　あべかわもちに　や
きもちやいて　ふくれもち　やがて帯の祝のはら
みもち　こもちつくれる　もちもち節句

もちつきのすきな年増の廻り臼　たなぼた式の迫

り臼　ひねもち　ひえもち　ひねりもち　尻で笑
わす　さわりのところ　ねじりもち　ねばりもち
こねもち　とりこもち　もちばなのふる大福もち
こがねもち　もちぶねにのせ　もちをまく
もちつきのすきなおとこ　もちいいはなし　もち
きれず　土用のはらわたもち　おろしもち　すす
りもち　尻もちついてしまいもち

尻・雪隠《せっちん》

I

一張羅の着物でも　着替のないことを
「着たきりすずめ」とか
「北國の着形《きたなり》（雷鳴）」といった
「雪隠　山行　宮《のの》さんまいり」ともいった

やせ我慢の階級では「武士は食わねど高楊枝」と
　いい
身の形振《なりふり》は　世間体を重んじ　衣食足りて礼節を
　知るとなり
食をつつしむ作法が生れた
禅も茶道も自我の悟りを自覚させたが
「雪隠で米を噛む」という諺もあった

「雪隠　はばかり　不浄　便所　トイレ　手洗い
　化粧室」となり
身分や場所により　呼び名が変った
惣雪隠は　野山田中で用をたすので
「猫をつなぐ」とか「高野山参り」といった
雪が降ればいちめん白くつつまれ
臭いものには蓋という面白さ
砂雪隠は　利休好みの猫雪隠という

II

尻をまくり上げ　命をかけて開き直り
啖呵を切るのが　芝居の台詞
尻腰据えて　てこでも動かぬ
「前からなりと　尻からなりと　殺《や》れるものなら
　やってみぃ!!」
尻を　どん尻と揶揄するけれど
尻が据らんと何もできぬ
帳尻があわぬと穴があき　尻拭いさせられる
尻ふきを　穴《けつ》ふきともいう
尻の穴の小さい奴は　まんまと尻馬にのせられ
　尻こそばゆくなると尻窄《すぼ》みになって
尻に火がつき　尻叩かれて尻を割り
尻《けつ》の毛まで抜かれて　尻音《しり》をあげる
おいど　お尻といえば色っぽい女言葉となるが

尻は　はじめから割れていて　ずぶとい
少々叩かれてもこたえない尻　臀《こぶた》

むかし越中の國　鵜坂神社の祭日　五月十六日の
尻打祭には　神主が祝詞をのべ
一郷の婦女に　その年関係した男の数を吐かせ
その数だけ榊の枝で尻を打って
お祓いする行事があった
また越中褌を腰巻の上部に縫い合せて着用すると
　尻ふり多情はたちどころにおさまり
尻据りのよい女に変身するという
尻重の茶呑み婆あのいう尻もち咄なんど　尻から
　抜けてしまうが　尻を結ばぬ糸にあやつられ
　女の尻の品位をつくろうてみても所詮　どん尻
　さ　尻から一番や　一番尻やといわれるがおち
だから尻早に尻紮《からげ》　尻でも食わんか　とばかり尻
　に手を廻してみても　尻肥り年増の尻臼で　尻

もちつけば　尻にしかれて離れられん
尻《けつ》の下もないもの同士　尻冷のしまり尻を　いた
わりあった夫婦の尻鍬《しりがい》は　はずれそうではずれ
ん　尻糞《ししばば》とってもらう尻じまいまで
ええー　尻食え観音さまよ

土民

縕袍《どてら》に尻割れぱっち　うす汚れた褌《ふんどし》をのぞかせて
土間で土鍋の雑炊をすすり　土瓶の口から水を
のむのが土着の水呑み百姓のならわしであった
切捨てご免の殿様行列に土下座し　命つなぎの食
うことにあけくれるのが土民であった
庄屋どんの土蔵には　土器や土饅頭　土鈴など
　飢饉で餓死したひとを祀った無常土具があり
　飢饉の言伝えが代々のこっていた

飢饉で野垂れ死んだ場所にいくと　亡霊が「食わ
ず」となってとりつき　急に空腹で倒れてしま
うという類《たぐい》が多かった
大根や芋をぐつ煮にして　空腹と対峙する行も
あった　行平鍋の把手がだんご鼻のように光っ
て　「ひと粒のめしにも天地の恵み」と勿体を
つけることで　食物の匂いが五臓六腑にしみわ
たり　宿便が出るまで断食すると　ひとさじの
雑炊にご光がさしてくる　雑炊に甘んじさせる
ための行であった

くわばら噺

『むかし農家の井戸に　雷神があやまって落ち
たとき　農夫は蓋をして天に帰らせなかった
雷神は　自分は桑樹を嫌うから　桑原桑原と唱
えるならば　再び落ちまいと答えた』（広辞苑）

その昔　蚕はお上への献上物で神聖なものとされていたので、雨露をしのぐ家屋を空け放して　飼わねばならなかった　農夫婦はそれ以来桑原の葉陰で睦みあうようになった『桑原の陰で睦みごとあり』とか『時雀《ほととぎす》の夜鳴を聞けば桑の実が熟れる』の謂がある　熟れた桑の実は妊婦の乳首に似ている　睦みごとで乳首が黒ずむたとえである

農婦が産所《うぶや》で出産すると　農夫は胞衣《えな》の包みをもって桑原に出た　桑原には空井戸が掘ってあった　そこへ胞衣を埋める風習があった　雷神はその胞衣をめがけて落ちたのだ　以来　雷は子供の臍をねらうようになったという。

月夜噺

月見酒で　おんな咄《ばなし》がはずみ
わが家に帰ると　午前さま
ねどこに　そっと入る
待ちぼうけをくった女房の奴
足を投げだしてねている

夫婦とは　最も心安い他人というはなし
老いてからの　しっぺ返しがこわいという
はなし
女房に先立たれると
数珠をかけて床につく　というはなし

目が冴えかえり
ね入る女房のぬくもりへ
そっと足を入れる

窓いっぱいの　月あかりに
すず虫の　しぐれ

つき

愛逢《めであい》月の十三夜は婚星がきらめく
宵待月の蜜月には　二つ枕に三つ布団
ゆめゆめ重なって
満月の　しあわせ
臨月になる
ねどこ月の十六夜は女文字に抱きしめた
立待月の十七夜
居待月の十八夜
臥待月の十九夜
と　いたわりつづけて
五十路のゆめ枕には
足の指ひとつ触れあえばいいと
古女房のすきまかぜ
床ゆめ違えた　すず虫
倫理となかせる
二十夜の更待月
やがて　二十三夜の夜半の月
そして　二十四夜の細月《ささめ》

裸婦

山峡に生れ育った少年が　はじめて海をみて
「あっ」と叫んだ
海のみえる風景は　いまも輝いている
山峡の少年がはじめて地平に沈む太陽をみて
「あっ」と叫んだ

空いっぱいに紅潮した貌は　いまも甦えらすこと
　ができる

少年は新しい感動を口に出せず
こころで叫ぶ術を会得してきた
それから　恋の幻想をたのしむようになり
「あっ」と叫びたい愛しみはままおぼえたが
そのかなしみに耐えながら
まぼろしの恋びとと　舟あそびをした

ながい舟あそびには　禁断のなぎさがあった
湾曲した河口のデルタにジャングルもあって
くらい洞窟があった
そこには　たましいの卵が浮遊していたが
潮の満干も遠のいてしまった

かつての少年は　艪櫂を絵筆にもちかえて
裸婦を画いている

合歓

ねむの木は　日ぐれになると
睡眠運動が起きて葉うらをみせる
花は宵からひらく
「ねむの花刷毛　宵化粧」といい
頭が低い樹形は女性的だ

日ぐれになると薄紅色の長い花蕊が
天女のつけまつ毛のようで
葉をねむらせて　うす目をあけている
ねむの樹の下にいると
匂うようなため息が漏れている

うすもの売場

バーゲンセールのアナウンスで
うすものの肌着が売られる
女たちが　どよめき
階段に殺到した

その階段は螺旋状で
ミラーがまわり
先着順に売られていくさまがみえる
熟年男が　それとなく見上げている

桃の節句

白酒は桃山時代につくられた
桃の節句になると
お雛さまにお供えする
お下りを頂戴した娘のほっぺたが
ぽーっと桃色になる
耳のつけねまで染めながら
黒髪のきれいな姫酔になる
　はよういい縁に結ばれますように
桃の花もつぼみのうちに
お雛さまをかたづけてしまう

いまの娘は高学歴で
シングル・ライフ
ゆめをみすぎてこいはみのらず
みすみすオールドミスになってしまいよる

春宵一刻値千金
京の銘酒「桃の滴」をのみながら
父のなげきは一入だ

剃られる

動脈と静脈のシンボルが廻っている
いきつけの床屋である
若夫婦がやっていて　愛想がいい
廻転椅子で仰向けにされ
湯タオルで顔をほぐされる　目を閉じる
とりかえられた湯タオルのかおり
温められた顔に　泡が塗られる
こころもち冷たい女の指先が顔にふれて
顳顬《こめかみ》から顎《あご》へカミソリが滑らかに走る
上唇を　つままれる
鼻の下は丹念に剃られる
耳たぶのかゆみをこらえる
下唇から顎にかけての荒ひげが
音をたてて剃られていく
首すじから　のど仏にかけて
渦巻状のひげが生えているので
首の皮をひっぱられる
生つばをのみこみ　うす目ひらけば
カミソリを直視している大きな目鼻がみえる
鼻息が　かすかにほほにふれる
指先が毛穴をまさぐり剃り込まれていくので
顔の神経もついうっとり
眉毛を剃られ
耳たぶを剃られ　ああ
唇をふさがれ
こころまでずいと剃られたいと思う

乳房の乳豆

乳房は知っている
へその緒のつながりが

乳豆になって吸われていることを
いつも　ふっくらとして
乳首が　ぴんと張ってきて
吸っても　吸っても　湧いてくる
しあわせのためにしか使えない
乳房の乳豆

だが　ぼくはＴＶでみてしまった
蝿が　たかりほうだいの顔で
むしんに吸っているが
吸っても　吸っても　出てこない
ひからびてしまった乳房を

屈託のない国のひとたちは
乳房の乳豆をなぶるだけで
すぐ身ごもってしまうのだ

飽食の国では
水子供養に乳豆を祀っている

冬日

雪のあさ
天窓から一条の陽射しが
室内の一隅を照らしている
塵《ちり》の浮遊がみえる

土づくりの外仕事ができず
掘炬燵で　ＴＶの特集をみた親父は
広大な大陸の米の収穫に圧倒されてしまう
専業つぶしの野分けが吹きあれて
働くことが　ほこりであった親の背では

息子たちを就農さすことが出来ぬ
母親は　それとなくあきらめている

陽は西に傾きはじめ
ジャズやエアロビクスダンスで
満ちたりた女たちの露出が
うっすらと消えた

もう塵《ちり》の浮遊はみえぬ
外は　雪しずり。

※雪しずり　雪が木の枝からくずれ落ちること。

Ⅱ

たね　Ⅰ

たねは小さく凝縮しているが
何万倍にもなる力をもっている
じっとしていて
催芽の春を待っている
一粒万倍

たねは芽生えると　生命だ。

たね　Ⅱ

たねもみを陽なた水に浸しておく

搔きまぜると　水が匂う
発芽したいからだ
泡立つ水を　とりかえてやる

たねを懐であたためた
西瓜づくりの名人がいた
稲穂を手でしごいて　たねを採る
米づくりの名人もいた

たねをとり　たねをまく
生物には　みんなたねがある

たね Ⅲ

柿のたねを割ると
白い芽が　ひそんでいる

何百年も生きられる　いのちだ

ケシの実は小さい
タバコの実も小さいが
仕掛けはおなじ

栗のたねは　実そのまま
くるみのたねも実そのまま
縄文杉だって
大賀ハスだって
たねの未来だ

たね Ⅳ

いきものは
みんな　たねをもっている

いのちをつくる　もとがある

風媒　虫媒　交配　交尾するものは
遺伝子を組替えて新品種がつくられる
受精卵で凍結保存される
流通にのる　潰される　加工される
食物となる

みんな食べることで生かされている
いきものの　いのちには
たねぼとけが宿されている

大樹

樹を千本切ると
にんげんひとりの生命に価する
と　昔の杣人《そまびと》はいうた

斧をぶち込むと　山谷にこだまする
こだまは樹の悲鳴となって返ってくる
樹を切って　苗木を植えて
一〇〇年　二〇〇年目のリサイクル

小さいたねが
運よく　千年樹
大地に根をはった天然記念物をみた
斧もノコギリも通さぬ
化石のような幹から緑の小枝を出している

くくだち

小さい野菜たちも
春には　くくだちする
小さければ　それなりの
きりりとしまった　器量をしている
花を咲かせて種子のなかへ生命を移していく
くくだちは　花の昇華
種子《たね》をつくって
苧殻《おがら》となる

ねぎ坊主

ねぎは根深ともいう　節が見当らぬので
下手なうた唄いにたとえられるが
白根をだす茎に節がある
台所で　白根の切口はひと夜で
ずれていく
葉身の内部に粘液がふくまれている
五月　葉身のあわいから
ねぎ坊主が勃起して　花茎の尖端に立つ
白い包葉に被われて硬直した渾身の力が
種子を結実させる

つゆ草

つゆ草は路傍を這うように生え
蛤形の青い可憐な花をつける

その青で染めた
つゆ玉模様の懐紙をもつ
京おんなの花気色
つゆをはらんだ
ひと夜ゆめ

白露が降り
秋霖にぬれ
彼岸がすぎて寒露にさらされると
虫たちが錫杖を震わせる

つゆ草は一年草
たねをのこして
枯々のつゆと消える

秋蝶

毛虫に葉っぱを喰われてしまった梅の木が
秋になってから
淡い淡い花をつけた

かたわらで若木の富有柿が
がっちりと色づいている

日だまりで狂い咲いた梅だから
口づけて嗅いでみる
おお　匂ってくる　匂ってくる
大切なものを忘れてはいない

梅の葉っぱを喰いつぶした毛虫は
何処へいったのか
ほのかな香をしたってくるか

秋蝶よ。

曲玉

目玉だけが大きく
魚のような　鳥のような
胎芽のような
曲玉

何億年もかかって生命が創られたときの
原型だったに違いない

血がにじんでいる
鼓動がしている
曲玉を　つなぎあわせて
首にまきつけたのは

いのちがいのちを呼ぶしるし

秘仏

仏師が祈りをこめて彫ったであろう
薬師如来立像に秘めこんだ
胎内仏

母性崇拝
子宝願望
いのちを孕むものへの
祈りであったに違いない

あるとき
薬師如来立像は　たましいを抜かれ
透視で胎内仏を発見されてしまった

――堕胎解体はゆるされぬ――
またもと通り魂を入れられた
それから
何となく腹部がふくらむようにみえ
重文になったという

微笑仏

秋篠の技芸天がいい
広隆寺の弥勒もいい
だが　君のほほえみが一番いい
渡岸寺の十一面観音もいい
浄瑠璃寺の吉祥天もいいが
君の　ほほえみが一番いい

木下美術館で
ビーナスをみつめていると
撫でてもいいという
なでてみなくとも　みつめるだけで
みつめなくとも　想うだけで
微笑仏が宿ってくる

追っつきまいり

四十九日の忌中が彼岸に入れば
寿命だという
ぽっくり寺に三度おまいりして
接待めしを三度たべると
ぽっくり死ぬ　という

「今度は　わしの番やがな」
「どうやらお迎えがきそうや」
空也上人のような顔つきでいった
その老人が死んだ
ぽっくり往生だという
「おじいさんは　ええお人やった」
葬式のお手伝いさんたちは
あやかりたいという

仏壇をきれいにまつり
おじいさんのあとを追いたい
追っつきまいり

だが　おばあさんは元気です

河

むこう岸に花園がみえ　美女が手招きをするので
河を渡ろうともがきながら　ふと　意識がもどる
そのまま美女のもとにたどりつけば極楽往生だっ
た　そのアルカイックなほほえみは天女だったに
違いない
　そんな話をしてくれたひとが鬼籍に入った

この世のくらしは男と女でいのちをつくり　守り
とおして死んでいかねばならね世だ
あの世なんぞありはせぬ　だが夢の枕に美女がた
ち　河のむこうで手招きされれば　男は誰でも逢
いにいく　それが本性なのだ
　ともいった

本性だから暗闇のなま暖かい河を　もがきながら

逢いにいく　幾千万の分身で　赤い河をも越えていく

落椿

やぶ椿は野山に自生して季節に敏感である　暖冬がつづくと　ほころびていく　花弁は反りかえることはない　輪郭の鮮明な赤い分厚い五弁花は野の花には珍らしく花芯の雄蕊をつつんだまま花頸から落ちる　そのとき　かすかな葉ずれ音とともに　一滴の蜜がとび散る
秋には固い実を朱に染めて　殻をはじく

みずみち

広葉樹の若葉が　ひらく
その淡い葉脈は
日ざしに透けている

はなみずき　赤楊《はんのき》の花のイヤリングが
水面にゆれている
そんな谷川の水溜を覗いてあるく

樹木が芽吹くと
地中の根毛が水を吸引しあい
みずみちができて
水が山をのぼるという

雨は　そつなく樹間の根毛に泌みて
岩清水が　ぬめっている

節穴から

天井の節穴から　ねずみがみていた
神棚のお札を拝む　にんげんの頭を
天井から吊された番傘を
開くと大きな家号が書いてあるのだが
めったにさすことがない

さしつさされつ酌み交す田植仕舞の
御田祭
半夏生の早乙女は泥をおとして
うす化粧

天井の節穴から　ねずみがみていた
青い蚊屋をめくって
床入り上手な花嫁がきたことを
三日三晩飲みあかし　夜な夜なはげみ
たいそう騒いでお産をすると
「男の子は兵隊さん」

あれから半世紀たつ
新しい家には節穴もない　ねずみもいない
食管のお札も色褪せて
ついぞ花嫁も見かけない

やさしい声

やさしい声をかけてやれば美しい花が咲き
じっくり睡眠させると　いい野菜がとれる
と、露地ばあさんは唄った
やさしい声をかけて餌をやれば
まつわりつく　にわとり

優しく指を吸わせると子牛はなつく
やさしい声も変貌する

やさしい声で飼犬に焼いわしを与えても
前足で踏みつけられる
やさしい声をかけて出荷した肉牛が
食肉《もの》になる日

嘘

赤い珊瑚を
鬼海星《ひとで》がたべるのです
その鬼海星を
法螺貝がたべるのです
その法螺貝を
にんげんがたべるのです
嘘ではありません

そして珊瑚のような
法螺を吹きます。

炉

幻想でもえる炉がある
美の連鎖反応がパワーになって
恋の臨界に灯をともしてから
もえつづけている

ときに熱くこみあげてくる
おもい耽った美学
エロスの種火をつつくと鬼火のように

もえあがる　おとこの余燼
　女は神さまだ※
幻想でもえつづけた炉のなかには
真赤な秘仏が燠につつまれて
おとなしくしている

※物集《もずめ》高量《たかかず》翁　百六歳の言葉

頂き

ぼくに還暦がやってきた
老眼鏡がはなせない
あと12年で21世紀がやってくる
老いて一日千金

おだやかな老婆顔になっていく
母よ
余生の歳をのぼりつめると
恍惚の頂きがあるか
そこから何がみえますか

数珠のむこうに隠されている
いのちのつなぎめが
ひょいと現れてくる
そのときが頂きだね

詩集『仙人蘭』より

I

人喰い人種

赤いトマトを食べると、果汁を仕切っている果肉が、乳飲み子の歯茎にみえてくる。甘酸っぱいトマトは人肉の味がする、と言われた言葉が意識の底から甦ってくる。わたしは若い頃からトマトの果汁と種子をとり除いて、乳飲み子の歯茎の部分ばかりを食べていた、それはトマトの種子が未消化のまま発芽していくことを知っているからだ。甘酸っぱいトマトの味は、若い女の太股だろうと密かに思った。世の中には人を喰って平気な顔をしている輩がいる。喰われた人は呆気にとられて言葉を失ってしまう。女が男に喰ってかかる口もとをみた、角を生やしてしらを切る口が裂けていくさまは凄い鬼子を産むことが出来る。いつも甘酸っぱいトマトばかり食べているせいか、完熟トマトをみると人を喰ったような唇をおもう、真赤に爛熟したトマトをもぎとって、かぶりつくのが一番うまいと思うが、そのときのわたしは未消化な種子のことなど忘れてしまう。

ひと喰い人種は本当にいるのかも知れん。

舌

マンションの昼下りは、各々のベランダに寝具が干してある、プライベートな羞恥が陽にさらされて、まるで貝が舌を出しているような休日である、湿舌の空から俄雨が降ってくると、慌てて舌を引込める。夜になると舌の寝具で太陽を抱きしめる。

室内はサンドにしたチーズが舌になっている、ハンバーグも舌をはみ出している、狆《チン》はいつも舌をたらして涙ぐんでいる。

桃酒をのみほして酔いつぶれたふりをして、ソファーで腕をたらしていると、舌先三寸の剽軽な舌を出して首をすくめる、赤い唇も、ソファーでぽかんと開けて、かすかな鼾をかいている、その奥に解き放たれた二枚舌がみえる。

筆舌につくせぬ魔性をサブリミナルに放映するTVが、くすりと笑ってうっすらと消えた、室内は、かすかな鼾がとぎれとぎれでダリの絵になったまま、いつの間にか狆が女の膝に戻り舌をたらして涙ぐんでいる、こころなしかこちらを睨んでいるようだ。

苺

うす青いガラスの器に山もりされた苺、食べているのは黒いスーツの赤いくちびる、その仄かなかおりに、ぼくの心臓が高鳴ってくる。

真赤な部分は赤紫色に爛熟しているハート形の苺。その果肉に食い込んでいるゴマ粒のような粒々、その粒々の内部は心筋梗塞をおこすぼくのハートだ。

赤い唇は、それに白いミルクをぬりつけ、フォークに突き刺して、ひと口に食べていく、その味蕾にとろける舌つづみ、満ちたりた唇のしまり。

ままかり

ままかりは小さい成魚で、その味はあっさりとしてしかも粘りがあります、あまりに美味しいので食がすすみ、隣家でご飯を借りたので、ままかりの名があります、と宣伝文句に書いてある。

ぼくはそのままかりを肴に、ままかりには目がないというママさんと、差し向いで美酒をくみかわした、ママさんは浴衣にうす化粧を匂わせているので、ままかりにして食べてしまいたいぐらいです。そんなぼくの鼻の下で、ままかりをつまみ口にはこびました、甘酸っぱいままかりをつづけて三匹、四匹、ちょいと嘔吐《えず》いてみせ、

「つわりに合いそうね」

そんな洒落がままあるので四畳半にぴったりです。

美酒が耳朶まで仄かに染めました、ぼくは舌先で吐き出されたままかりの尾びれを、五つ、六つと数えながら、もう三つ食べて九にしたら、というと、今夜は七《ナキ》でいいの、と唇をとがらせました、
そんな仕種がこたえられなくて、今夜はママかり

だよと唇の尾びれをとってやりました。

玉蜀黍

とうもろこしを茹でて食べるには
もぎとる旬がある
実の頭に赤茶色の毛髪状の花毛が出る
その花毛の色ぐあいで熟度がわかる
赤茶色が赤紫色がかるともぎとる
「からすの突っつくころなのだ」
実際は　花毛の下の苞をめくって覗く
白っぽくて　ういういしい実の並びに
黄色く熟しかけているときが旬だ
かぶりつくと　ほろほろとこぼれる歯形の実
ぎっちり詰まった実の並びの　ひとつひとつが
乳に似た汁を出す

恋仏

湖北　石道寺の十一面観音さまは
村びとが交替で堂守をしている
うす暗いお堂の黒い厨子を開けると
ぶ厚い唇に　ほのかな紅をのこしている
欅一本彫りで
平安中期からの垢を着ている
幾度かの戦火を逃れるために土中に隠された
災害や雨漏りの垂れあとが尊顔にしみついている
豊満な頬に三日月の眉
ずっしりとしたお躰に光背がひかる
大きな耳飾りと胸かざり
右手の壺には白蓮の蕾をもっている
ぶ厚い唇に　ほのかな紅をのこしている
どうみても妙齢の観音さまだ
腰をわずかに左へくねらせて

右足の親指だけが板につかず浮かしている
その剽軽さは庶民のものだ
胎内には一万体の印仏を宿している。

この観音さまに　ひと目惚れしてから
年に一度は逢いにいく。

せせらぎ

深夜
九十歳になった母と手洗いで出くわした
なかなか出てこない
うつつともなく待っていると
とおい　古里のせせらぎが聞こえてきた
そこにはメダカやどじょっぽが住んでおり
蛍や赤とんぼも飛んでいて
辺鄙な恥じらいがあった
せせらぎの水は空から降ってきて
うつしみを濾して排出される
うぶ湯の水も　まつごの水も
やがて蒸発して空と循環することになる

もう残り少ない　いのち
白髪もうすい　おかっぱで
他人さまには慎みぶかい挨拶をする

この　おふくろの胎から
八人もの子供が生れでた
みんな　古里のせせらぎをもっている

今

能登川町に今という地名がある
今は　生きている限りつきまとう
「ただ今」といって家に帰った片道一里の通学
だった
幼稚園児から六十年もたった
その幼稚園で食べたおべんとうの愉しみが
今に甦ってきた
それは　おべんとうの蓋をとるとき　あやまって
ひっくり返したのを先生がお箸で　ひょいと表
を向けてくれた
さくら干しと削粉と梅干しのおかずだった
おかずの小言は云わずに大きくなった。
今が積りつもって九十歳になった母の
わずかな愉しみは食べることなのだ
居間で隠して食べている

四季の移ろいとともに　しみぼくろが増えて
死期もまぢかくになってきた
今　今が大切なのだ
八人も子を産んでくれた
みんな今に鼓動を打ちつづけている。

六十路

春一番が吹いて
花前線が山に上っていく
木枯一番吹いて
紅葉前線が山から下りてくる

ぼくに春一番が吹いてきたのは
敗戦年の十七歳だった
それから百姓が身に沁みて

六十路に木枯一番吹いてきた
「私が百二歳になってわかったことは　六十歳までは準備期間で　六十歳からが本当の人生だということです」
今岡信一郎翁の言葉はたのもしい

庭に　大台ガ原産の仙人蘭が
うつつともなく茎をのばしている
朴も菩提樹も葉っぱが黄ばんだ
その下で　二度薔薇が真赤に咲いている

夕月

天体を　のぞいたことも
人体を　のぞいたことも
まして　遺伝子を覗いたこともない

年輪には季節の移ろいがしみて
うつしみの襞にたまる垢をおとす

痴呆恐怖症のおんな友達がいる
六十路のなかばになって
ふと　玉手函を開けてしまいたいという

そしてたましいの住処は　この地上でみつめる
夕月にするという

火葬場で　ごおーっという火が入り
ガスとなって昇天する
その煙突の上に夕月がかかって
白い骨になる

安楽尊厳死

天国には　天女たちがいるという
婆婆は爺爺婆婆さまたちがいるところ
老人ホームが湖畔の藪のなかに建った
藪のなかには藪ランが
爺爺婆婆の花を咲かせている
世紀末だから　ながい大晦日のような気分
ぼくも爺爺の仲間入りをする
そこここの婆婆には爺爺婆婆が満ち満ちており
婆婆・婆婆のお風呂で煩悩を暖めながら
馬齢を重ねていくだろう
うっかり脳死でいると
豚の心臓とすりかえられて豚死する
人間の尊厳がマンガで問われるホスピスケア
天国には　天女たちがいるという
爺爺になっても微笑むことが出来るのは何故だろう、
婆婆にしわ寄せられた爺爺婆婆さまたちの微笑み
老醜とのたたかいには微笑みが大切だ
身ぎれいにして　ほほえみ雛をつくりだす
「安楽尊厳死」
おててつないでいきましょう。

花折断層

ここは比良山系の花折断層です
断崖に深山つつじが咲いている
渓流が岩石をぬって鳴っている
奥へ上るにつれて囁きが独り言になっていく
谷間に水が寄って水みちが出来ている
さらに奥へ上がっていくと

急勾配の谷間は岩が滑らかにぬめり
岩清水が湧き出るところを秘めている。

ここからは　けものみちだ　四つん這いになって
よじ上っていくと　山とひとつになれる所がある
遥か　みはるかす稜線にそって
なだらかなスロープに襞が出来ている
地殻の変動が起きたときの振動と地鳴りの
そのながい隆起と沈没の運動で
われ目噴火の熱いマグマが燃えたぎり
大地が創造されたときの原姿なんだ。

ここはその永いひずみで燃えた活断層だ
海の部分が隆起して出来た証拠の貝を
地質学者のようにつまんでみる。

色身の滝

山々の木々が芽ぶくころ
木々の間をぬって翔んでいる白い鳥は
「白い雲が雨や雪を降らすので
　水は白い」と思っている
水無月をすぎて半夏生になると
渓流の岩の上で滝をみつめにくる青い鳥は
「山の彼方の青い山脈から水が流れてくるので
　水は青い」と思っている
白い鳥は　青い鳥のいる岩の上にきて
一緒に滝をみつめている　滝糸は白く滝壺は青い
白い鳥は　嘴で青い鳥の羽づくろいを丹念にして
　いくと
青い鳥はうなずきながら
みるまに白い羽根になっていった
白い鳥は嬉しくなって愛の行為をした

すると羽根を大きく羽搏かせて
もとの青い羽根になり「年に一度だけここで」
と、笑みをのこして飛び去った
白い鳥は、滝をじっと見詰めていた
滝糸は白く落下して、はげしく泡だち
白い鳥のたましいは青く渦巻く滝壺にすい込まれ
　てしまった
とたん、ちいさい虹がさして色身がみえた
白い鳥は青い鳥とひとつになった。

※色身（しきしん）　現実界に顕現した仏陀の姿

十三夜

れんげの田なかで
少女がひとり踞《うずく》まっている

れんげの花いきれを吸ったから
はるのうしおが満ちてきて
れんげの花が無数の顔にみえてくる
はじめての眩惑を
お月さまに見られてしまい
だまりこんだまま
いつまでも知らぬふりして
いっそう綺麗になっていく。
れんげの花に蜜ばちが唸りをたてている
それは花の奥処から満ちてくる
いのちが呼んでいる乳房だ
いつまでも知らぬふりして恥らっている
ほほえむたびに美しくなっていくことが
いずれ許されなくなっていく

少女は　やがて知るだろう
月の満干《みちひ》がくりかえす

闇夜のうしおになくものを
今宵は十三夜

むべ

びわ湖畔のわが町内の裏山に
天然記念物　むべの群生地がある
その　むべを庭に植えている
毎年五月になると　淡紅紫色の花が咲く
嗅ぐと仄かに甘酸っぱい。
雌花の方が大型で咲きおわると
米粒くらいの蕊がとまる
その蕊のふくらみをみつめている
夏至のころになると
そら豆ぐらいにふくらんでくる。
ここ大中町は白部《しらべ》と王浜《おのはま》を併せた白王《しらおう》地先でむべ
を
宮中に献上する「むべの里」である
―今年はご成婚のお祝いに―
むべの実は　紅紫色に熟しても
開実《アケビ》のように開裂しない
完熟すると開裂のすじが縦にみえる
そのすじを鳥たちがつつく。

ああ　そこをつつかせて種をまく仕組み

※王浜村にて「土俗云う、古昔、惟喬親王此地に来り給う事有り、故に所の名とする、其来られ給うとき、むべを供御とす、それより以来毎年十一月にむべを禁裏へ奉献す」近江輿地誌より

Ⅱ

こうもり塚

’91　岡山現代詩祭にて

吉備路散策は六十路のぼくにとって
五十路のひとと　四十路のひとの
詩集を交した女性たちとの出会いがあった
ユーモアと微笑みの淑女たち
酷評されたと拗ねるひとがまた可愛くて
赤松の林をすぎて　冗談もすぎて
おててつないで小鳥になってみよ
レンゲ　タンポポ　スミレ　スイスイ
野道のくびれを辿っていくと古墳だった
こうもり塚の横穴は暗かった
案内人が穴の奥を電池で照らしてくれた
こうもりが壁に張りついていた
陰毛をこうもりにみたてた
こうもり怖い　の噺は聞いていたが
吉備のこうもり塚は仁徳天皇を恋におとした
黒媛の墓だという
「あのこうもりは偽物だよ」
と　K先生は自信ありげに仰った
こうもりの超音波《テレパシー》は強烈なものだ
と　ひとり合点しながら
女性たちのあけすけな顔をみていた

托卵

ホトトギスは別名の多い鳥である「夜直鳥、夕
影鳥、うづきどり」などがあり、「子規、不如帰《ホトトギス》、
蜀魂《ショッコン》」など文学的な呼称をもつ

ホトトギスは托卵の名手として知られる　ウグイスの巣卵を一個くわえて捨て、代りに自分の卵を入れる、孵った雛も親を見習う、義兄弟の卵を後足で放り出して餌を独占する。

ウグイスは自分の三倍も大きくなったホトトギスの子を　知ってか知らずか育てあげて　法法　法華経となきつづける

ホトトギスは初夏になって　はじめて托卵のわが子と対面する。親を知らぬわが子に自責の念が涌いてきて　昼夜たがわず鳴きとおすその声は狂おしく
「蜀魂《ショッコン》化けたか　蜀魂化けたか」
と　血を吐くおもいで懺悔する

※蜀魂《ショッコン》、蜀の望帝の魂が化してホトトギスになったという伝説（漢語林）

虻

小さい虻が一匹
障子に体当りしている
その　いたたまれない肉迫は
出口がみつからぬようだ

菓子《おやつ》ほしさに駄々をこねたころ
夜明けと勘違いした　のどかな昼ねおき
古障子に虻が小鼓を打っていた
とおい古里の記憶がよみがえる

ダムになって　村も旧家も墓も

みんな　たましいを抜いてきたのに
抜けきれぬ亡霊が駄々をこねにくる
たましいは入れたり抜いたり出来るものなのだ
そういい聞かせて障子を開けてやると
すうっと　天にのぼっていった

幻聴

古里の　みんみんみん蝉がないている
みんみんみんと　しゃくり上げ
みんみんみんと　泣き下げる
祖母が糸つむぎして
母は　つむぎつないで八人の子を産んだ
先祖伝来の田を売って妾を囲った親父は
農地法でとられる田を先売りして遊んだので

髭の旦那と云われたが、還暦になって耳を疑った
「耳のなかに蝉がいる
　しーん　しーん　耳にしむ」という
「それは神経や」とぼくは笑っていた
生まれた村がダムになり、ぼくは琵琶湖干拓地に
　入植した
解体寸前のわが家で親父は病死した
家屋を潰して　墓地も移転したが
土葬の父は　そのままねむらせている
村を出てから二十五年　還暦になって
ぼくの耳にも聞えてくるのだ
みんみんみんと　しゃくり上げ
みんみんみんと　なき下げる祖母の蝉
しーん　しーんと耳にしむ　父の蝉
「それは神経さ」
息子に問えば　そう言うだろう
耳をすますと　現身《うつしみ》がないている。

蝉

蝉は　暗い土の胎内から這い出した穴を
覚えているだろうか
樹の幹や枝にしがみついて羽化する
その束の間のかがやきに
羽根をひろげ
翔ぶ
鳴く

だが
鳴かずにいる蝉もいる
蝉しぐれのなかでは鳴いているつもりなのだ
雌蝉よ　恋の出会いを果したか
いのちのつくられかたは同じなのだ
その束の間に種をのこして
枯葉のように散る
亡骸は蟻に引かれていく

聖牛

インドでは牛が街を闊歩する
露店で食事の用意をしている婦人の前で
雌牛が背を丸めて排尿する　と
すかさずその婦人が尻へ
さっとフライパンを差出した
という話を読んだ

聖なる牛の体内を濾して出てくる水滴
陰毛からおちる最後の一滴が　ひかる
「信ずるもののしずくは有難い」
何やら呪文をとなえながらその水滴を手でひたし
子供の頭に　こすりつけた

「信仰とか奇習というものを笑うなかれ
　伝統儀式の勿体とはみんな同じたぐいだ」

聖なる牛の痩《やせ》たこめかみを
おもむろに動かして反芻したものが
糞となって灼熱の路上に落される
それを　へらでこそげて持帰り
住居の壁に　はりつける
この国では　婦人たちの大切な日課である

その燃料で暖めた
いっぱいのスープをすする
婦人たちと子供たちの清貧なほほえみ

※デリー市では牛の闊歩は禁止された

臭

インドでは天寿を全うした人だけが火葬にしてもらう　病気や事故で死んだ人は水葬になる　その他の人は空葬や林葬になるという
空葬は禿鷹に　林葬は野犬に喰われる　水葬した死体はガンジス川の中洲に打ち上げられ野犬がむらがっている　人間は焼くときの臭いがひとり一人違う　臭いのいい人と悪い人がいるという。
聖地《ベナレス》の河ぶちで祭があり　坊さんが全国行脚の果て　その祭日に自死を決行した　仰向けに寝ていた坊さんは呼吸を止める処置をとり次第にもがきが激しくなって　だんだんせり上り突然両手で印を結んだ　その直後ぱっと呼吸が止った。
坊さんは天寿なのだろうか　翌日祭の参拝者が看取るなかで火葬にされた　いい臭いがしたかどうか　犬が高鼻嗅いでよだれを垂らした。

土葬墓《さんまい》

ケコン　ケコンと鉦がたたかれて　野辺おくりの
葬列がとおる　わらじをはいた人が額に三角の紙
をつけ　白い着物をまとってとおる　紙旗が前後
して棺桶が通ると　みんなが手を合わせる。
ケコン　ケコンと鉦がたたかれる　庶民の貧しい
葬式です　友引だから三時の出棺となり　折から
の雷鳴に葬列が立往生する　葬列は引返せない。
ジャラン　ドン　チンと無常用具をならして土葬《さんま》
墓《い》に着くと僧侶は読経にはいる　儀式作法はおも
むろに　しめやかに執行される。
「カアー」と一喝　と同時に雷鳴が天地をつんざ
いた　子供たちは飛び上がるほど吃驚した　ぽつ
ぽつと大粒の雨が降ってきて急いで棺桶が埋めら
れ　肉親がひと摑みの土を入れると、土が山と盛
られ位牌や盛花や紙旗が立てられ　山盛りにされ
た一膳めしが置かれる　供養の盛籠から果物や雑
菓子が手早く配られ　子供たちや老人が貰って
散っていく。

灰色雁

湖北に灰色雁が飛来した
と、ＴＶが放映した朝
友人が死んだ、肺癌だった
見舞ったときは秋のかかりで
「田を売って女房の余生を楽にしてやりたい」
と、いった
農作業する彼の水筒には、いつも酒が入っていた
アル中気味で得意な猥談も舌がもつれ

禿頭から湯気を出して豪快に笑っていた
病床では　死を直視したまま
神仏の加護にはすがらなかった

乾田直播の稲作に熱心で
除草のため散布する農薬《スタム》が悪かったのだろう
と、みんなで噂をした

灰色雁は　くの字形になって翔んでくる
夜中に稲穂を啄んでしまう
肺癌は　くの字形に咳込んでしまう
次は　誰の田に巣喰うのだろうか

立春の儀式

凍原の夜明けは
ダイヤモンド・ダストが降ってくる
深い沈黙につつみこまれた樹林は
淡い　ブルーの影をおとして
寒気に耐えている

突然　コーンという凍裂音の木霊が
あたりを震撼させる
生贄《いけにえ》になった樹木は氷の亀裂が走り
もう蘇生することはない

淡いブルーの樹林の奥で
執念ぶかく時を待つ
北キツネがひと声　春を呼んだ
それは何万年もつづいた立春の儀式だ

距離

渓谷にそった森林の濃緑を抜けて
稜線に上っていくと
花折の尾根一帯が　小春日にとけて
バイオレット・グレーになっている

ぼくは　その尾根にのぼり
自然が隠してくれる優しい場所で
女神を抱擁しながら
ハーモニカ少年になっていく

しかし　その尾根への道は　けものみちだ
背丈を越える芒や熊笹をかきわけて
しげみに迷いこむと数千年前の原始人になる
進化は遺伝子に組み込まれたまま
略奪婚のときめきが　わなないてくる

いま　ときめいて　抱きしめたい女神は
丁度いい距離にいるので美しい
太陽から丁度いい距離にあるので
地球に生命が生れたというが
還暦をこえて初めてわかる距離のもち方

初冬の山肌に残り少ない郷愁が灯っている

咆哮

くさむらの中に屈《かが》む
枯落葉のなかに屈んでみる
裸一貫の原始人になる

野萩のこぼれるなかに屈む

すすきの穂波のなかに屈んでみる
屈んでいると五官が冴える

衣もない　紙もない
草や樹皮を身にまとって彷徨する
原始人たちの咆哮を聞いてみる

けものみちは血の匂い
孕みおちたものたちと生きのびる
石器のたたかい

知恵　を与えられた人類の進化は
現代《いま》も　生命と心のたたかいがつづいている
核爆発死するかも知れない
こころの咆哮が聞こえる

狩人

雪で倒伏した草叢のなかに
ほろほろと羽搏く山鳥の発情《さかり》を
足許から飛びたつ羽音のわななきを
巣ごもりの隠れどころを
探せ
野うさぎの糞だまり
山むじなの巣穴のあたり

やがて枯草叢を新芽が押し上げて
突き抜けてしまう
その枯草のなかに潜んでいる
鼻をならせて発情を嗅ぎあてるまなざし
獣が　なわばりをこえていく

石器の狩人は

その発情声《いろ》を真似て
罠にかけた。

こけし

こけし可愛や　ひと形可愛い　こけしひと形おさなご可愛い　こけしひと形あどけないのに　何故立ちんぼするか　愛がほしいか。

愛というものは悲しいことをする　それはややこの鼻にぬれ衣をおいた　悲しみを愛しみにかえる大慈悲心にすがらせる。

天明の山背風《やませ》おそろし飢餓飢饉　食べるものがなくなって家族が食うていけぬのに　何故にできてしもうたこのつみを　針婆に突かせるおろしおそろし　突きそこなえば親子もろとも　なむあみだぶつ　それはかなわん　産んだときにこけしにする。

こけしは悲しみを愛しみにかえる大慈悲心　こけしひと形なんで立つ　こけしひと形愛でたつ　こけしひと形おとこねかなし　こけしひと形愛かなし　なむ　こけしじぞうそん。

III

白泡

使い捨てられたコンドームが白い泡となって浮遊

している、はじけることもない、天にのぼろうとする習性だけで、無数に寄り集って方向を見失ったおたまじゃくしだ。マンホールの蓋をあけると排泄物がとおる回路がある、行きつくところは細目の網がゆっくり回転していて、その網目に白い泡は集積されていく、もしかして放精されたり分泌されたもののなかに、いのちになれなかった恨みがあったとしても、みんな水に流されてしまう水溶性である。白い泡はガスとなって昇天させられてしまう。にんげんをコントロールするために、女体の臍下に貼りつける避妊膏もあるが、いまはエイズ予防の必需品となったコンドームが、白い泡となって下水道の闇路にながされる、浄化処理場では濾過装置がフル回転して浄水化しているが、蛇口から体内を経て下水へと何回も循環した軟水を、ホルモン水というが、誰もそのことには触れず、まつごの水にもつかわれる。

法師蝉

つくつくぼうしが鳴いている、つくつくつくつくと数えて十五回くりかえした、もうすぐ彼岸になる、シンバルをすり合わせて、じゃぼん、じゃぼんと鳴らす葬儀があった、十五回くりかえした、最後はひときわ大きく響かせて余韻のうちに声明がつづいた。

その夢うつつともなく、もの悲しくて、魂が安らいでいくように思えた、僧侶は赤や黄や紫の法衣をまとい、死者の生涯をおもむろに称えた弔文をよみあげる、それは千年来の作法のくりかえしだ。法師蝉はこの世のはじまりから鳴いている、彼岸になってしばしつくつくの幻聴がつづく　つくつく法師は無心です、つくつく鳴いては数わすれ、つくつく鳴いては数をよむ、つくつく法師は数珠がない、つくつくつなげば彼岸にとどくか、人の世が亡びたあとも鳴いてくれるだろうか。

満天星

熱帯夜の満天星を　みつめていると発狂する、たましいがすい込まれていくようだ、ぼくの脳細胞は恋が巣喰って空洞になっているので、たましいが少しずつ抜けていくのがわかる、たましいが肉体から抜けていくことは、こわい、だが、新しい生命をつくることは素敵だ、霊肉一致というが、頭脳の構造は原始人と変らぬ愛だ、きみの性宇宙のなかには、ぼくの星雲が渦を巻いて、過去と未来をつなぐ遺伝子の満天星が煌めいている。
だが、この満天の宇宙には、ぼくの頭脳を越えていく無限の未知がある。

辛夷

春待つ山で焚火をして昼食をとる、山のけむりが霞と棚びくとき、ふと辛夷《こぶし》の花をみつける、谷をわたり峰をつたって辛夷の花に会いにいく、そして幹にすがりつき梢を見上げると、白い花は白い雲に溶けてみえぬ、目をこらしてみると萼の部分がみえた、そんな辛夷の幹に抱きついた、「恋を恋するひと」朔太郎の詩に酔いしれた頃だ、えも知れぬナルシズムにひたり、夭折した中也や道造の詩が価値をもっていて、美意識が刹那の袋小路で狂おしくうずいた。

春待つ山に　さきがけて
辛夷の花は　ひそと咲く
死にたいような　青春孤独

木の芽だちどき
狂おしくなると辛夷の蕾を嗅ぐとよい
若い花芽は鎮痛剤になるという

純粋無垢な　白い花
天女たちが香水にする花
恋を恋するものに沁みて咲け

青春孤独時代から四十数年ぶりに、信楽の里へ辛夷狩りにいった、帰りのみちすがらご婦人たちが辛夷の花がほしい、というので夢中で木によじのぼり手折ってきた、そこは小さい墓地だった、夕まぐれだったので解らなかった、ご婦人たちは花の匂いを嗅いで、俄かにあやしくなった。私は醒めた目でみていた、花は、やがて萎れていく木蓮科のほとけ花、冥土までも匂う花なのか、小さい墓のほとけたちに申し訳なく思った。

野あそび

信楽の里を何度か野あるきしたことがある。春なら辛夷の咲くころ、秋は彼岸花の頃がいい「野あそび」というものは一人では寂しくて侘しい、だから車一台五人のうち三人は女性を誘う、お誘いするご婦人たちも心得たもので、自慢のお手料理をもってやってくる、おむすびに副食添え、水筒もってピクニックと洒落る。

「野のきよら山のきよらにひかり満つ」という句がある、原野というものは荒々しい、まぎれもない自然そのままの純粋さであり、そういう原野志向が野山をあるかせ、さまよいたい情緒にかりたてる。野山の渓流に沿って山路深くあるき、谷川の寄り洲などで、おべんとうを開く、おむすびがうまい、気分がいいということは、すべて巧く浄化していくようだ、気持よくご婦人たちと唄がはずめば最高の和みだ。

野花のなかで特に竜胆《りんどう》や桔梗《ききょう》に出喰わすと、ときめく、摘みとりはしない、その容姿、色彩などじっと見つめる、じっとみつめていると郷愁が涌いてくる、青紫色は郷愁の色だ、「白雲に虚空仏が住み花に微笑仏が宿る」と思う、神仏に帰依しなくとも、自然の神秘こそ詩の淵源である、花は艶言として女性に形容される、乙女とか熟女とか、しかし野花には毒婦とか妖女、魔女のたぐいは見当らぬ、みんなきりりとしまった凛々しさがある、野生には贅肉はない、そこに自生するものの厳しさに耐え抜いた美しさに、抒情を感じるのはロマンチズムというほかない。

牛舎の周辺

秋蝿が、牛舎の餌箱にたかっている、両手で握《つか》むと指のすき間から逃げる、蝿とり薬でとると五、六合もとれる、死骸をビニール袋に入れて焼く、焦げ臭い匂が一瞬するだけで灰もない。

牛舎隅々に藁やおが粉などが腐植して、こびりついている、その下には必ずみみずが縺れあっている、餌のこぼれるブロックの隙間には、なめくじが束になって、へばりついている、夜行性で通ったあとには白い粘液の軌道がつく。

牛糞を畑に入れる、有機物が腐植すると、みみずが湧く、みみずが湧くとモグラが出没する、モグラの毛皮は天鵞絨《びろうど》の美がある、昔はモグラを捕まえると切り刻んで和牛にのませた、和牛は農耕の主役であった。

無花果の実が熟れると野鳥が群がる、次々と熟れる実を啄ばんでしまう。完熟した無花果の実は、張りつめた乳首の黒い斑をおもわせる、実をもぎとると、ひとしずくの乳液がたれる、それが手につくとむずかゆい。
名古屋コーチンを飼っている、雄は体型が精悍で尾羽根が美しく、統率力がある、交尾するときは一方的に押え込む、雌は従属していて食欲が旺盛である、有精卵は殻が固く重みがあり、黄身の色が濃い。
印度孔雀の夫婦を飼っている、春卵を五個産んで巣ごもり三十日で雛がかえった、かえすと母孔雀のくちばしに飛びついて乳餌をたべた、二日めには一米も飛び上って止り木にねた、孔雀は毒蛇も食べる強い臓器をもっており、孔雀明王となって祀られる
牛舎では和牛の繁殖もさせる、母牛の発情は発見しにくいが、生後三ケ月以上の牡子牛がいると母牛にのっかかっていくのでよくわかる、牡子牛は確実に母の発情を嗅ぎつけるのだ、それから一日おいて授精師を呼んでくる、車には冷凍ボンベに値札がついている、タネ代千円から五千円まである、授精師が肛門から手を入れて排卵をまさぐるあいだ、尻尾の先をつまんで引張り母牛の首を撫でてやる、「少し早いけれど若い元気のいいタネを入れておきますわ」ボンベから千円の値札をたぐりよせ器具にはめ込み、おもむろに注入する、「今日から二十日目に発情が来なければ、三ケ月引いて十日たすと分娩予定日です」といって帰っていく。

ご神体

大中の湖干拓地に入植して十周年の記念事業に、

町内のお祭りほしさから神社を造ることになった、伊勢外宮から古材を払下げてもらったご縁で、大中神明宮というお社を造った、鎮守の森の苗木を植えた、石の神明鳥居を新築した。外宮からご神体をもち帰った宮司らは、町内にさしかかる夕刻を見計らい、松灯の明りを前後した白地の囲いの幕の中で、白い口当てをした黒衣の神官が、恭しくご神体を捧げながら粛々と歩んだ、侍従の宮司らが、「ウオー　ウオー」と降神の儀のような声を発しながら歩む、その行列が松灯に照らし出されて、厳かで且、神秘に満ちたまま、新しいみ社にご神体を鎮座させた、見物の人々にはご神体を捧げもった神官の姿はみえない、見せないので一層ご神体への畏怖を起させる、その勿体ぶりは見事な儀式というほかない、ご神体はみせない崇拝物であり、みえない存在なのである。かつての戦争で必勝祈願が行われた、そのときのご神体は今も変っていない、変ったのは神を使った人の心であった。もう現人神はいない。

ご本尊

毎年お盆前になると奈良の大仏、大晦日が近づくと奈良薬師三尊では、恒例のお身拭いの儀式がTVで放映される、僧侶がご本尊の正念を抜き、湯タオルで年垢をお身拭いされる、そしてまた正念を入れられる、正念という魂は入れたり抜いたりできる、その摩訶不思議な儀式が、宗教の作法なのだと思っている、正念とか魂とかいう呪術的な伝統作法は、宗教のこころなのだろう、人類にこころが与えられ、宗教心が芽生えて何万年になるか解らぬが、正念という魂を人間の心でつくり、偶像に入魂することで崇拝物となっていく、神仏は人間の心の問題であり、多面体な人間の心の中で、神仏という実体のない不可思議な畏れが、人間性の弱さとなって祈る文化を創造してきたのだろうか。

「死を告知されてはじめて自然が宝石のように輝いてみえる」という、生命の燃えつきるときを知るこころが仏性になるのだろう。

ご本尊は目で拝むことの出来る仏像である。

骨

村がダムになり家屋も墓地も移転することになった。僧侶らの読経で儀式が進められて墓地の正念が抜かれた、石碑をみんなとり除いて新しい墓地公園の塔に積み上げた、ひとつまみの墓土を藁の編袋《つと》に入れて、新しい墓地の骨壺に納めた、そして盛大な入魂供養が行われた、先祖代々墳墓の骨はそのままである、親父は埋葬三年目であったが、そのまま自然にかえした、土葬の墓地は山中の草木茫々とした草葉の蔭であった、毎年盆前の墓掃除は蚊柱の中だった、それに比べて新しい墓地は、敷石と砂利で区画されて、墓石も企画同列の大きさで、整然と並んだ公園墓地になった。

見晴しもよく車が横付けられる、生きている人間の都合のよさが、ご先祖さまも喜んでいると思っている、古い習慣の中の亡霊は各人のこころの中に住んでいて、戒名の階級が銭を貢いで上っていく、これからの村びとはみんな火葬の骨になる、骨壺を振ればコトコト音がして、己も同じ骨拾われる身よ。

詩集『満天星』より

I

潮騒

夜明けの浜辺でチェロを弾いている　素敵なＧ線をふるわせて春の潮を呼んでいる　その音色は渚の星砂に眠っている貝たちの耳にもひびいている。

チェロは抱きかかえられて　おもむろに触れられる　その旋律は限りなくやさしくて　潮騒に媾合していくほどに　固く閉じた羞恥の貝も　うっすらと口を開けていく。

貝は幻想恋をすることも　想像妊娠することもできる　チェロが得意なＥ線をふるわせると　星砂がきしみあい潮騒がひびき合って　貝のうめきを

和音《ハモ》らせてしまう。
チェロは満潮から退潮に移行する一過性の　絶妙なダイビングを奏でる　その高揚していく刹那の琴線が　アダージョ　に解き放たれていく　そして　またもとの潮騒になっていく。

星

スバル天体望遠鏡がキャッチする宇宙の星の誕生が　美しい色彩で放映されている　余りにもかけ離れた光速の現実だが　神秘の画像に固唾を呑んでしまう。

そんなＴＶを喫茶店でみながら　コーヒーカップに砂糖を入れて混ぜる　そしてミルクを垂らすすると左まきの星雲が誕生する　それをじっと見詰めながら　だんだんふやけていくのを呑み込んでいく。

そのあと一四〇億光年のかなたで　美しく膨張した星たちの死滅が放映された　死滅した星たちは消滅しても　映像だけが光速でやってくる　やがて五〇億年も経つと太陽も膨張して　だんだんふやけて地球を呑み込んでいく。

そんな暗示めいた天体ショウの極め付きは　ラインダンスの星たちが　いっせいにスクラムを組んで空を蹴った　その刹那　ぼくを呑み込んでしまう。

みみ

☆

3月3日は　みみの日　みみにイヤリングをつけて　へちゃな女房もメイクする　はけで鼻づらはいている　そんな仕種がいじましく身身に沁みる　冬もの春ものいっしょくた　あれがいいとかこれがいいとか　聞くみみに胼胝《たこ》　しらぬふりする三寒四温。

はるの宵ともなれば　おんなのみみに聞こえてくるのぼせみみ　ひとの噂をこみみにはさみ　根も葉もないことみみすます　おんなの勘ぐり地獄みみ。

〝みみをそろえた札束にころり〟という噂のみみのくちぐるま　みみうちされれば　ついみみっちいことと知りながら　聞きみみ上手にもち上げるみみより噺のみみかなし。

☆

耳成山《みみなしやま》から　みみなし法師が琵琶を弾きながら京に上れば　耳目鳥《みみめどり》がきたという　耳目鳥とはうぐいすの異称で姿よりも声が美しく　盲《めしい》だからこそみみが目になる心耳で　みみをすましていると　とおい　とおーい　にんげんにこころが出来かけた頃の幻想が　きこえてくる　耳成山の大和《なでし》女《こ》は　耳目鳥の初なきをききながら　みみかしこくて目をつむる　みみがくもんのみみうつし。

もも

ももくり三年というが　苗木を植えると二年でももがなる　ももも　ももの花も　ももいろの語源だが　ももいろはいろごとに染める美神が頬笑みかけてくる。

若いころは　ももづくりに精をだして桃園をつくった　桃園は廃園になって垣根も朽ちたが　ももの味は忘れていない。ももの花が散って　しべがふくらみ摘果すると袋をかけた　盛夏になると袋がはじけんばかりに成熟する　熟度をみるために袋を破ったりするともも肌を蜂にさされてしまう　ももも時期がくると枝の先端から順にうれてくる　それを待ちきれずに早どりすると　未熟ももで固い　だからももを捥ぐには袋のまま　そっとやさしく手の平で触れる　その柔らかさは張った乳房の感触がきめ手だ　ももが完熟するとうぶ毛が密にぬれて爛熟する　そんなもものうす皮をむいてかぶりつく　ももづくりの醍醐味だ　完熟ももは油断すると爛熟しておちる　それは腐敗菌で醗酵して昆虫の餌食になるからだ　だから出荷のももは店頭で熟れるよう見計らう。

スーパーで桃尻のよいももを買った　エスカレーターの目線でふとももをみている　ふとももは屋上の駐車場までせり上り　そのまま天空にのぼって天女がもものはなを散華する　ふと　そんな幻想にとりつかれる　文月はふとももの季節だともう。

――仏壇にもも尻のよい初ももを供える――

埋葬虫

赤錆びたブリキ缶を蹴飛ばしたら
中から古雑誌の束が出てきた
新聞紙に包まれてはいるが
底の部分は半腐れになっていて
屍を好む埋葬虫が出てきた。

雑誌はグラビヤで裸婦があらぬポーズをとっている
その陰毛のあたりから大きな紙魚が現われてすばやく隠れた
一瞬　どきりとした。
紙の海にもぐって生きる魚にしてみれば
秘蔵されたであろうポルノ誌に巣喰ってて
安住の　住処であったに違いない
ページをめくると　きつい腐蝕の匂いがしたので
元のブリキ缶の中へ放り込んだ。

——そうしておけばいいのだ——

紙魚はゆっくり裸婦を食べつくすだろう
そしてこぶとりな銀色の紙魚になるのを
埋葬虫は　じっと待ちかまえている。

産む

孕みごとがしたい雌豚が切なそうになくので竹籠に豚を押し込みリヤカーに積んで　隣の村の農場につれて行った　そこにはひと回り大きな種豚が待っていて　雌豚をみると勢立って襲いかかるように乗りかかり動かない　雌豚は四つ足で踏ん張って耐える　種豚のふぐりが上下に緊張してタネが注入された

　それから一一四日目の夜に分娩のときがやって来た　豚舎の分娩所には温水とボロ布を用意して産れたぬれ仔をとりあげて哺育箱に入れるのだ産気づいて陣痛が走るのか　ぶう　と気張るとぶっ　と一匹　ボロ布で拭き臍の緒を三センチ程度にくくって切る　その仕業の終らぬうちに　ぶう　とひと声で出てくる　ぶうぶうと次々に出てくると手が震えて臍の緒もくくれぬ　七匹　八匹

と産れてくるとひと安心　九匹　もうひと気張り
と思いきや後産が出てきておしまいになる。
　初め産れ出る仔豚が大きすぎると　四、五匹し
か産れぬので採算はとんとん　仔豚とりの母豚は
多産系でないと儲からぬ　分娩は最初の授乳がむ
ずかしい　胞衣《えな》が切れて仔豚が産れてくると乳房
がふくらむひみつ　母豚には十六個の乳房がつい
ており　ふくらみのいい胸下の乳房から小さめの
仔豚をくっつけるのだが　仔豚は哺育箱のなかで
お互いの耳を吸い合って団子になっていて　やや
こしいややこだ　死にもの狂いで乳房をまさぐっ
ている　一匹ずつ母豚の乳房にあてがってやると
吸いついて離れぬ　みんなをくっつけるとタイミ
ングよく授乳が始まる　仔豚は目盲のまま音をた
てて吸う　その音をたてている束の間　母豚は鼻
の奥から声でない声を漏らす　その僅か数秒の快
感が母豚と仔豚をつなげているのだ。

狆

独り暮しのおじいさんは
ちん　と二人ぐらしだ
ちんは白黒の長い毛で鼻ぺちゃだ。
散歩のときがくると　ちんはくんくんなく
食事のときは　ちんして舌を出す
おじいさんは冷蔵庫から食べ残しを出し
ラップに包んでチンをする。
ちんも　おじいさんも同じものを食べる
ちんも雄で小さいちんを下げている
ちんとはいい名前をつけたものだ。
おじいさんは　そんなちんが愛おしくて
胡座の隅でちんを撫でなでしている

ちんは何時も大きな目をうるませている
やがてチンと鈴《りん》が鳴るときを待っている。

塔

正月に買った　花かんらん
白い葉と　赤い葉の一対を
門松がわりに玄関脇へ置いている
彼岸になり　花茎がのびて抽薹が立った

れんげ田のむこうに五重の塔がみえる
塔の先に突き立つ　すいえん
かげろうが炎えている
そんなカレンダーの日付に印した
秘めごと

塔は抽薹が立って花が咲く姿なのだ
内部は極楽浄土で天女が舞っている
〝一本の草花にも天女が舞って結実する〟
そんな秘めごとを愉しみながら
おむすびの野あそびをする

ぼくは　莩殻になりかけているが
おむすびの味は忘れていない
きっと　天女とむすばれてみたいのだ

ゆめ木

びわ湖の渚を歩いている
そこには打上げられた漂流物がある
その中の　しゃもじ形や　ひょうたん形の
木片を拾ってみつめる

何処から流れてきたのか
渚で揉まれもまれた角が丸くなり
すっかり人工の灰汁が抜けて
無になりかけている
〝ゆめ木〟

もとの姿はわからない
手桶か擂粉木か　それとも夫婦寝台《ベッド》の
片われか
そんな　ゆめ木を拾ってきて
盆梅の枝に挟んで眺める

如月になると昼月がうっすらとかすみ
ゆめ木が瑞雲になって仄かな香がして
天女が舞ってくる。

土鈴

土をひねって土鈴はつくられる
熱い焔につつまれて
焼を入れられると
あなたの　どれいになる

土霊の音色を忘れず
産土の　うぶ声を出す
抱かれると　なく
ふられると　強くなく

いくらないても響かない
土は　ひびきがにぶいので
地霊に　吸収されてしまう

手で撫でなでしておくれ

火色の暖かみを出すために
あなたの手垢で光らせておくれ

小春

夏の炎えたぎる日がすぎて
秋のみのりの　実がおちて
ほろりと　もみじが散っていく

ほんに　いまは小春だ
いとしの七十路《ななそじ》を歩んでいる
仄かな　かげろうが炎えて
うっすらと昏れていく

小春は歳時記の中では恋びとだ
季節が移ろうなかでの秘めごとが

俄かしぐれの虹となって灯る

あれは　きつねの嫁入りだったのか
そこに身をよせて抱いたうつつの夢よ
もう何べんか四季がめぐってくると
天女が舞う本当のしきがやってくる。

鬼灯

ぎゅう　ぎゅう
蛇にしめつけられて鬼灯を鳴かせているのは
断末魔の蛙の悲鳴です

ぎゅう　ぎゅう
蛇は蛙を足から食《くわ》えて呑んでいるので
蛙は両手をもがき必死に抵抗している

ぎゅう　ぎゅう
蛇口が裂けてコブラの形相になっている
いまさら蛙を頭から呑みなおすことは
出来やしない
天敵に呑まれれば蛙の悲鳴も神秘になえて
手が万歳をしていくほどに
鬼灯も甘声になって
蛇の快感が頂点に達していく。

鶴

頭に赤い斑紋がある　首と両翼の先端と足が黒い　その外は真白い丹頂鶴　零下二十度の田園で片足あげて立ちつくす片割れ　その長い足は凍傷もしない　連れ合いの鶴が降りてきた　両翼ひろげて着地する　その優雅な飛翔をしばし羽搏かせながら折りたたむと　きゅうと締ったスタイルになる　その番が空を仰いで鳴きだした　細長い首の先の嘴から白い吐息がみえる　両翼を羽搏かせて求愛ダンスの昂まりをみせている　鶴のひと声はどちらが先に鳴くのだろう　〝つるみたい〟お目出度のポーズが千円札の裏に刷ってある。

茗荷

ここの料亭は芸妓あがりの女将がいて　とても愛想がいい　「紅づけされた茗荷の酢味噌和えは夏ばてによろしおすえ」とすすめられる　和服で磨きあげた京美人　その甘味　酸味　苦味や渋味まで　妙に茗荷の隠し味の冥味を秘めている　微

笑まれると芸妓の面影が浮かんでくる。

〝七十路のおとこはんは冥利につきるお年どすえ〟という愛嬌のいい女将に気をゆるしている。

京おんなの浴衣すがたの湯上りは　団扇でお香をきかしながら　湯上り芸妓の色香を見定めている
〝もう　そろそろ浴衣もおしまいね〟女将は芸妓のよりじわににんまり。

夕ぐれになると綺麗どころとなって　その華やいだ雰囲気が鼻下をくすぐるのだ　この二階では帯とかしのお遊びで冥土の土産に堪能させるという。

待合いのお座敷で　紅づけられた茗荷の酢味噌和えを食べてしまう頃は　馴染の客になれるという　何故かそわそわと狂気にのぼせそう　ご祝儀をはずんでしまったうつつの露地で　おいらん花がゆれている。

千枚漬

甘ずっぱい千枚漬の隠し味は京でつくられる甘味も酸味もこの身の不浄が知っている　じわじわと寄る年波に沁みてくるこの身の愛おしさは何処からくるのか　「七十路《なそじ》のおとこはんは持成しするのに情がからみますえ」と女将はいう「うちが躾けたいい妓がいやはる」と千枚漬に妻楊枝を突きさしてすすめられる。

お座敷はいつも磨き上げられて　綺麗さっぱりと昨夜の垢も洗い落として床もつやつや　「年増でうす化粧の妓がいい」と注文つけたが　美人局《つつもたせ》の隠語噺しの口車にのせられて　ついその妓を承知すると　お返しに浮世艶本の懐紙入れをくれた。

お初の芸妓が酌してくれる杯を重ねていくほどに　美神も多淫な悪魔と手を結び　エロスの毒杯を呷ってしまう…といわれるが　芸妓は頬笑み

ながら帯解きの羽衣を舞っていく。
ブルーの眼鏡をかけた大僧正のご寵愛を受けて
いる秘話が漏れてくる妓だけあって　「エクスタ
シーの表情はエロスとタナトスを暗示する」・・・
画家クリムトの言葉を思い出させる。
「天に上る心地」を共有する大僧正よ　仏教伝来
から密々とつづく天女幻想の色身をみるおもいで
すか

＊色身（しきしん）　現実に顕現した仏陀の姿

Ⅱ

貝

息子夫婦に女の双子が生れて初節句になった
お雛さまも双子にして飾っている
一卵性だから　みわけがつかぬと云うが
姉は丸顔で妹は少し面長になっている
八ヶ月に入り離乳食を少量たべさせている
寝返りするようになり目が離せぬという
女房も双子のおむつをかえてやる
小さい蛤が潮を吹くこともあるという
可愛くて食べてしまいたいぐらいという
ぼくの家には九十四歳の母がいる
ときたま　お漏らしをする
そのたびに自分で洗濯をしている

紙おむつをつけることは出来ぬらしい
一番風呂の湯上りになると
きまって薬を塗ってくれという
黒ずんだ　からす貝の股ずれをみる
鄙びた古里から　ふるさとへ流れていく
川のはざまで
小さい蛤と　からす貝をみた。

杉丸太

杉が植樹されて三十年ぐらい
一度も間伐されず　たてのばされている
枯れ枝が幹からブラシ状に出て　空がない
鬱蒼とした木下闇をつくっている
梟か蝙蝠の住みかだろう
地面は草も生えず闇砂漠だ

先端の梢だけが緑で　光を求めて伸びていく
緑の部分が少ないだけ根張りがない
背伸び競争に負けると下木になって立枯れる
勝ち残った木も細長くて節だらけ
銭にならぬものは捨てぼかされた
輸入材に負けてしまった杉丸太
今さらどうにもならぬモヤシ木だ
植林ばかり励めて緑をつくったが
材木をつくれなかった。

やがて酸性風雪雨で森林ごと崩壊する。

夢糸

金色の夢糸を紡いで山繭はつくられる　その中
はとても居心地のいいカプセルだ　透蚕は羽化す

ると白蛾になって昇天する。
　それは宇宙ロケットにしがみついた白蛾だ　宇宙飛行士の向井千秋さんは「天女になって翔んでいる感じ」といった　二回目は「宙返り　何度も出来る　無重力」　と上の句をメッセージした
「天女のままで降りておいでよ」と　下の句を進上してあげたが――。

「テクノロジーは罪悪だ」　と宇宙飛行士の秋山豊寛さんは　地球の病める環境を憂いて東北の田舎で農業をしている。
　テクノロジーの夢糸を紡いで作られる宇宙国際ステーションは宇宙から平和のにらみをきかすのですか。

山繭の夢糸は紡ぎつむいで羽衣になるのです。

雀

駅のホームで着ぶくれた女友達と鈍行を待っている　列車が通過するたびに騒音がして　風圧が髪を乱すので首をすくめている　立春の日射しにふくらんだ雀が駅舎の電線に数羽とまっている
着ぶくれの女友達はカラオケ仲間で　ぼくよりずっとうら若い。

そこへ燥いだコギャルがやって来て　携帯電話でささやきだした　彼女たちのメール友達は　おしゃべり好きで底抜けに明るい　少子化の核家族で育った少女たちに　躾をしてくれる年寄りがいない　たて伸ばされたお嬢さんはルーズソックスピアス　厚底靴　茶髪の新人類だ

「若い人は国の宝」　だから　戦中戦後の着たき

り雀の話を聞かせてやりたいが　老人のむかし噺なんど何故か阿呆らしくて舌切り雀になっている平和呆というのか雀百まで寅の子の年金で　老人の治り具合のウップンを　食べて唄って発散していく。

グラス

ぬれた指先で　グラスの口うけを
そっと　やさしく撫でてやると
グラスが震えてなきだす

そんなコツを覚えてからは
やさしく撫でることが
どんなにいいことかわかる

あの　無機質にすき透る
冷たいグラスの胴が
熱い炎から生れたことを
忘れてはいない

魔法の手ではない
ただ　やさしく撫でるだけで
呼吸もあらわに
グラスがなきだすのだ。

人魚寺

蒲生野に人魚を祀る願成寺がある　二十年前に一度訪れたが見せてくれなかった　名神高速が境内をかすめて通るので騒音が絶えぬ　石段を上りつめて本堂の拝殿にぬかずく　賽銭箱を覗くと千

円札がみえていた　ぼくは硬貨をつまんで投げるころん　ころんと音をたてるのが面白くて　拝むでもなく念じるでもない　ただ手を合わせている自分にてれてくる。古美術をみる目で寺の品位を見定める　〃高速がつくとき寺は猛反対をしただろう〃　それから和尚は人嫌いになったのかも!!と思いつつ石段を下りていった。

庫裡から和尚らしい人物が現われた　すれ違いざまに人魚のミイラをみせてほしいと　頼みそびれた　境外へ出るとき　ふと本堂を見返ると　件の和尚が深々と頭を下げた　思わずぼくも頭を下げた　千円札の主になりかわったことが何とも可笑しくて　今度くるときは一升下げてきて人魚のミイラを拝観したいと思った。

赤信号

ホットコーヒーを飲みつづけたり　チョコレートを食べつづけると尻にさわる　尻は敏感だ　直腸ガンではと尻を診てもらった　暗室の器具に縛りつけられ　尻に薬剤を注入され宙返りざまに覗かれた「大腸はきれいなものです」と女医のヒップが答えてくれた。

尻は不浄というけれど　口だって臭いものを賎しく食べる　食べると尻に直結して答えてくれる尻に叱られてもちょこちょことチョコを食べる赤信号が出ると立ち止まり尻にあやまる「尻よ悪かった　赦しておくれ」尻は気のいいものだ少々ではへこたれない尻こぶた　ユーモアの発信体だ　大小さまざまな尻形を想うだけで笑いが生じる　尻は曲線美の元締めだ　おもわせぶりに暗示をしかける　勿体ぶっても尻は尻　どん尻でも

通じがよくて吹き出してしまうこともある。
かつてモンロー歩きが一世を風靡したが　しまりのいい尻が目線にちらつくと愉しくて　うっかり口にするとセクハラの赤信号で立ち往生する。

鳥

「たつ鳥は跡をにごさず」という
しかし鳥は　翔びながら排泄するので
その飛沫は地上に落下する
あるときは　車のボンネットの上に
或は子供のランドセルに
あらぬことか貴婦人の帽子の上に落ちて
乾いて白い粉になっている。

鳥は大小いっしょくたに排泄する
空高く舞い上り地上を俯瞰しながら
悠然と排泄することを許されている
そんな行為も自然に沿ったものなのだ

生態系保全には自然体の鳥たちと
共生することが絶対不可欠である
と　いうことを人類が気付きだした
コウノトリは中国から移入された
禿鷹、犬鷲の番《つがい》が住んでいる山岳は
本当に脱ダムになるのか、どうか
鳥たちの精悍な目《まなこ》がみている。

魚籠

はじめて魚を釣った子供のころの
「びくっ」とした感触はおぼえている

釣りそこねた魚の「びくっ」とした大物は
二度釣れないことも
掴んだ魚の「ぴくっ」とした身の震えも。

釣った魚は魚籠で泳がせているが
空気に触れて鰓呼吸もできず死んでいく
串刺しにして焼き　番茶で煮込むとうまい
美味しく食べることで供養になるという。

はじめて魚を釣ってから六十年もたつ
いつ頃からか釣竿も糸も針もない
「びくっ」とする人魚を抱きたくなっている
抱きしめたつもりが　するりと逃げられる
人魚は冥界に通じており何もかも見通しだ
するりと逃げて尻尾をはねて「まだ早い」
と云いたげだ。

本当に抱きついてきたときは息の出来ない
世界へ行かねばならぬと思うと
「びくっ」とした。

もちつき

夏ばてに土用の「はらわたもち」をつく
「ぼたもち」とも「あんころもち」ともいった
あんこをつける手の窪みで食べるので
「てのくぼ」ともいうた
思わぬご馳走にあやかることを「棚ぼた」といい
幸運をよろこんだ

ぺったん　ぺったん
それつけ　やれつけ
もちゃげて　あもつきゃ　臼がなく

それつけ　やれつけ
めおともちつきゃ　こもちができる

その昔から子を産むことはめでたごとだった
縁むすび　帯の祝　出産などの喜びごとは
もちを搗いて祝った
「ぼたもち」「てのくぼ」「あんころもち」は
湯気の立ちこめた蒸し器や臼の匂いの中で
手づくりの　つきたてのうまさをいうた

桜仏

桜並木の一本が道路拡張のため伐採された
ひと抱えもある切株から血色の樹液が流れた
桜の木を貰いうけ桜仏を彫ることにした。

その桜の幹をチェンソーで四つ切りにして
四体仏を彫ることにした
阿弥陀　釈尊　大日如来　阿弥陀如来
の　四体を仏画集から選び出した
その素描をたよりに一日一体を
チェンソーで荒彫した。

花見どきになり桜花の下に四体仏を並べた
〝大中桜は花色のよい染井吉野だ〟
花見がすんで片付けるとき賽銭がこぼれた
正念を入れたわけでないが拝む人もいたのだ
軽トラに積んで牛舎の鶏小舎前に並べた
――肉牛やにわとりの供養にするか――
犬や猫も孔雀もいる
桜仏には大きなひび割れが入り
すっかり風化して居場所になじんだ

鄙びた色調が何となく侘しい。

病室にて

病室は向う三人両隣りの六人部屋で　向う三人は脳内出血で救急に入院して　頭蓋に穴をあけて血を抜かれ助かった老人たちだ　右隣りは白内障で人工水晶体挿入手術を受けて　俯せ三日目でもの云わぬ　左隣りは脊柱腫瘍摘出手術に耐えている　私の手術の見本だと医師が云った　その人は痩男で三ヶ所も摘出して悪性かも知れんと弱気だ。

消灯九時の夜がくると思いおもいの鼾が大波となって襲ってくる　吐く息と吸う息のリズムがすうっと止まり無呼吸のまま　たましいがぼそっと抜けていきそうな生理のなぎさだ　耳に栓をするイヤホーンでＴＶをみつづける　深夜のナースコールが鳴りひびき　宿直のナースは小走りに廊下をよぎる　うす黄色のカーテンで仕切られたプライベートの内側を　ナースが二人で懐中電灯をつけて何やら忍び声で痴呆がかった患者の痰をとっている　夕食どきに気管にめし粒が入ってからは慎重になっているのだ　救急車が遠くから近づき門前に止る　あわただしさが一瞬消える　深夜の救急車はもう少し静かに来られぬものか　騒音をはばからぬばかりが能じゃない　うたたねの朝がきて若いナースが明るい声で朝食を運んできた　そのグラマーな白衣のヒップが目線でほほえみかけてくると　妙に食欲が涌いてきた。

丸太棒

脊柱腫瘍摘出手術の朝は断食で　背開きのうす

青い手術服に　褌ひとつで台車へ上向きにねる
看護婦に前後を付き添われ　五Fからエレベー
ターで二Fの手術室に運ばれた
手術担当の看護婦に引継がれるとき「頑張って
ね」と励まされた　器具が揃った室内はドームの
ようにみえた　手術台の俎にのせられて身体の各
所にセンサーが取り付けられ　器具が作動しはじ
めて　自分の心拍音がモニターから聞こえてきた
「点滴を入れますね」と看護婦の声がした……。
「足首を動かせろ」という医師の声で気がついた
女房から八時間半も麻酔がきいていたことを知っ
た　酸素マスクと点滴の管とコルセットがはめら
れて身動き出来ぬ　背が痛み出して痛み止めを肛
門から注入された　ベッドを起してもらい　うっ
とうしい酸素マスクと点滴をはずしてもらい朝食
をとった　看護婦の手をかりて歩行器につかまり
歩く練習をした　丸一日が過ぎて六人部屋に戻る
台車にのるとき「丸太棒になって」と看護婦が
いった　そしてわがベッドに　「よいしょ」と転
がしてくれた　それから丸太棒の尻に痛み止めを
注入してもらい　朝夕化膿止めの点滴をして　少
しずつ手を使って足と腰を動かしながら　痛みの
自縛を解いていった。

百足

手術後の背の痛みも癒えて　抜糸もすんで外泊
の許可が出た　十日ぶりに車でわが家に帰った
運転は別状なかった　早速風呂に入って女房に切
開の傷あとを尺で計らせた「縦17センチ　縫目
16ヶ所」といった　大きな百足が背に喰い込んで
いるのだ
手術后のレントゲンで残存物摘出となり　三日目

に再び手術台にのった　局部麻酔だから意識が冴えた　百足を開いて照明を近づけて探していた「あった　これだ」と医師は叫んで一センチ足らずの黒っぽい鉛糸を見せてくれた　手術用ガーゼは術後の透視検査で発見できるように鉛糸が織込まれているのだ　癒えかけた切口を開いて縫い合わされるまで　小一時間も俯せたまま痛みに耐えた

背中の百足は腫瘍摘出の証だが　コルセットをはずして背のびすると　ズキンと両足に痛みが走る　恐る恐る風呂で暖めながら　日日くすりで百足を治めていかねばばらぬのだ。

Ⅲ

春山にて

裏山は琵琶湖国定公園の一部で　ぼくだけの遊歩道ができている

四月になると裸木が芽吹きだし　艶っぽくなって山が笑いだす　カメラで何度も撮った樹木の妖精たち　コシアブラの股木《ももぎ》は両足を空に突き上げた絶景のポーズだ　裸婦もいればホモもいる　股木から樹液がたれて蝶が集まっている　優雅にふるえながら管をさし込んでいるのを　アートの眼でみつめてみる

春は樹木が悪阻木《つわりぎ》になって花を孕んでいく　何処となく花粉の匂いが化粧の匂いになっている　この山には誰も知らない秘密のゾーンがある　そ

ここには満天星《どうだんつつじ》が群生していて　若芽とともに花柄を出し壺状のうす赤い花が多数垂れて天蓋になる　木肌は脚線美のストッキングのまぶしさだ　あたりには脊丈の羊歯が繁い茂り　その中にもぐり込んでハーモニカ少年になる　空を見上げていると静かな山の中に七十路のぼくがいる　空をみつめて瞑目すると天女が微笑みかけてくる。

秋山にて

じーぱんの尻ポケにノコギリを折りたたみ裏山をあるく　山国に育った二十歳代は柴刈杣人　木馬引き　炭焼き　植林　下刈り　間伐　雁皮引き　茸狩りなど山仕事をしていたので　山を歩くと気が和ごむ　国有林の木の下闇の植林を通り抜けて尾根に出る　琵琶湖が眼下に比良と比叡が展望できる　その遥かむこうに故郷の山がある　山を離れて三十五年にもなり尾根みちに雁皮が生え苦いセンブリも生えているのをみると望郷のおもいがする　西暦二〇〇〇年　いま七十路の坂にいるムベ　アケビ　美男カズラ　サルトリイバラの実など　みんな赤紫に熟したまま鳥たちの啄を待っている　下りは尾根から一挙に谷間めがけて滑り下りる　猪のヌタ場がある　くもの巣を杖で払い払い　満天星の群生地にたどり着く　秋の満天星は春のうす赤い壺状の花が　赤い小さい実をつけて天蓋を飾る　その下で屈むと棲息感が涌いてきて　目を閉じれば天女が頬笑んでくれる。

つくつく法師

朝な夕なカナカナと銀鈴をふる蜩《ひぐらし》は　少年期の

感傷を触発してくれた蟬だった　それに比べて
つくつくと鳴く法師蟬は　呼び名が秘めた仏性を
誘発する蟬である　自然界に生かされているとい
う摂理や　人間性の傲慢を知る年齢になったのだ
ろうか。
　わが家の庭木にも法師蟬が鳴く　つくつくをく
り返して最後にひょいと声が変わって　じじっと
解き放たれていく　そのくり返しである　自然の
なかで育まれている昆虫の季節たがわず鳴くのは
習性なのか本能なのか　恋の出会いの交歓なのか
いたたまれぬ衝動的な鳴き声を　私は心の中で数
珠をくって聞いている。
　やがて秋霖がきてめっきり涼しくなると　つく
つく法師は鳴かなくなる　つくつくという声のし
ばし幻聴がつづく　お経の声明を聞いたあとの夢
うつつの余韻がする
　九月になって暑かった夏が逝くという季節の移
ろう一抹の寂しさがあるが　登熟していく実りの
秋の彼岸も近くなる。
　人間以外の動物は自然に従順である　知恵と心
を与えられた人間は　自然に挑戦して文化の衣を
身につけてきたが　核兵器まで保有してしまった
ノーベル物理学賞のメダルは女神の着衣を一枚脱
がせるデザインだという　物理学は女神を裸体に
しようと懸命だが　すけすけに見えているのは核
をもてあそぶと　女神と心中する恐れがある　と
いうことなのだ　核保有国の権力者が狂信すると
人類の恐怖だ　核をもつテロは人類を破滅さす
人間の心の中の傲慢さを悪魔が笑っている
　つくつく法師は無心に祈ります　つくつく鳴い
ては数わすれ　つくつく鳴いては数をよむ　つく
つくつなげば彼岸にとどくでしょうか。

艶

わが家に木犀の生垣がある　その根本の苔の上に小さい花粉がこぼれて積もっている　木犀が散っていい匂いの抜殻が　金色の絨毯となって敷かれている。

外来種の背高あわだち草も　すっかり土着の仲間入りをして畦畔いち面に　金襴緞子の緞帳を波打たせている。

花が散るということは　交配を了えて種子を結実させる行程だが　花びらが咲き乱れて散りもせず　淫らにみえることがある　朝顔のように　窄んでみせる愛嬌もある　椿は花首から落ちるので縁起が悪いという　だが　赤い分厚い唇のような花びらの落椿は　ぽとりと　落花の音がするような……という具合に植物の色彩や質感など　花の形容となると女性美に喩えられるのは一般化した比喩である　その艶やかな比喩も妖変する。

紫陽花は梅雨に濡れて咲くのがお似合いだが七変化に咲き遂げる形容がぴったりした花である初冬には枯枯のドライフラワーになっていると思われるが　なお絶妙な淡彩を放っている　七変化の終着（執着）は艶を忘れない死化粧に果つる花である。

死化粧は　化粧する女性に与えられた特権で最後に施してもらう身嗜《みだしなみ》　女の性がさせるのだろう。

女性は長生きする　熟女は序の口である　五十《いそ》路《じ》　六十路《むそじ》　七十路《ななそじ》　八十路《やそじ》　九十路《くそじ》までも艶を忘れないで死化粧で昇華させる　そんな紫陽花の女性たちの時代になった。

季節の移ろいに歳時記を開けば　季語が郷愁をそそる　懐かしい生活体験が死語を甦らせる　歳時記の「はしがき」に「もし、文学的解説を尊ぶあまり、主観の傾斜が過ぎれば趣味に色どられる。客観の乾燥が過ぎれば、味を失った辞書になる」とある。

　主観の傾斜が過ぎる修辞は現代詩そのものだが客観の乾燥はそっけない　叙事の記述になる　両者がほどよく融合してこそ上品な抒情文学が生れる　剛質の抒情に対して軟質の抒情には美辞学のエロスが住んで艶もグロに陥りやすい。

　裸婦を描くには骨格から学ばねば曲線が趣味に色どられ　想像性が暗喩を呼んで想わせぶりな雰囲気を創り出す　うす暗いところにエロスの美神が宿っており　勿体をつけることで品位が出来るそして光に影がさし込むほどに　影に光が媾合して艶をつくり出す　そんな雰囲気に美神が頬笑む。

樹木愛

〝人は木の股から生まれた〟というお伽噺がある
芽吹きの山には妖精がいて　裸木たちの股木の皺が　それとなく恥丘にみえてくる　ひと抱えでは抱えきれない肥満な曲線が大胆に空へ逆立ちしているポーズは絶景だ
冬陽を共有した悪阻《つわり》木たちが無数の股木の皺を炎やして芽吹きだす　そんな木の摂理をおもうと樹木愛にとりつかれてしまう。
　樹木は年輪を刻む　年々その環境に適応して成長する　すべて太陽に向って生存競争をする　しかし落葉樹は裸木となって太陽光を各樹木の根元まで浴びさせる　落葉は堆積して腐葉土となり水分を共有する「裸木は太陽と水分を共有する連帯で共存し　根をからませ合って地表土を守り山崩

れを防いでいる」樹木愛の思想のはじまりである。樹木は種類によって性質が異なる　百種の樹木は百種の特質がある　その特質が樹木の個性である　その特質によって生かされることで木の値打ちが出る。

百姓といわれた昔の農業は創意工夫で生きてきた　経済論理とか競争原理の価値観だけでは　自然と共生の文化は創造されないだろう。

琵琶湖とコメ

近江盆地は琵琶湖を抱えていて　その水質保全には地域の産業と生活がかかわっているだけに、住民の意識が湖の富栄養化に大きく関係する　アオコ　アカシオが発生するところまで汚染されており　湖の水質は住民意識の正直なバロメーターと思われる。

コメ減反農政は一九七一年に始まり　コメ関税化は細川内閣が開放した　その上ミニマムアクセス（最低輸入義務量）が毎年七十七万トン　輸入される　毎年約一〇〇万ヘクタールの面積が減反されている

ところで湖の水質保全には　自然と共生型の観点から　減収農法に改めるべきである　減収農法とは　減反はしない、全田地を水田にして減反に見合う減収をすることである。反収十俵のところ減反三割なら七俵の数量になるよう肥料設計をする　非化学肥料　無農薬に近い処方箋で減収することで可能である　近江盆地の五二〇〇〇haの水田が減収農法に切換えられれば　湖の水質保全に大きく貢献出来るだろう。

琵琶湖を水甕にもつ一、四〇〇万人の消費者が近江米の生産者と　水質保全の共通認識で連帯出

来れば　すばらしく革命的なことだろう　減収農法は無農薬　非化学肥料の米であり消費者と水質保全の相互理解の共通利益が成立すれば、生産者と消費者も安心してコメを流通さすことも出来るはずである　そういう合意が押しつけでなく自然と共生の価値観で成立することを切に望みたい。
21世紀型のコメづくりは　減収農法で生産から消費まで　湖の水質保全までも出来て　琵琶湖水系の連帯意識を成立させることは一農民の空想に過ぎないのだろうか。

牛舎の周辺

朝、牛舎に着くと軽トラの音を聞きわけて野良猫が二匹お出迎えである　残飯を入れたポリ袋にもつれながら歩く　雄猫ばかり精悍に成長して後ろ姿のふぐりが左右にふれている　うす茶色の虎猫である　丁度邪魔にならぬ位置につけられたふぐりの　ふれるさまは可笑しいものだ。ふぐりは動物のいのちの種袋　人間とて同じところに付けられているだけに　可笑しさがこみ上げてくる。その可笑しさというものは、むかし蒸し暑い午后、立ち姿で鎌を砥ぐ腰のふれに、己のふぐりのふれを体感したことによる　その何とも云えぬ情けなくもいとおしい羞恥に似た思いが甦った。水呑み百姓といわれた明治生れの農民たちは　みんな六尺褌をしめていた　暑さ寒さに伸縮自在なふぐりを包んでいた、そして尻割れ股引をはいて蒸し暑い夏は、ほんに風とおしのよい着衣であった　だが尻割れ股引から褌がゆるみ、ふぐりが垂れることもままあった「恰好わるい、不潔、どん臭い」どん百姓といわれた所以かも知れん　老農になればふぐりが外に出ていても気付かぬまま昼ねすることもままあった「褌をしめ直して」と大事に当たる場合はいうが　ふぐりは力と勇気を出す男の象徴であり、それがなければ男ではないのだ、その頃の女性は赤い腰巻に着物で帯をしめていた「四十八の夜中まで」といわれた赤い腰巻は現役の印であった　内股で柳腰が美しい女性美という鋳型にはめていた　ズロースが一般化しないころの噺である。戦后になって女性は解放された　そして高学歴と少子化、冷暖房化で精子減少という傾向は、ふぐりにとって悪い環境になったということであろう。

牛舎内では去勢する若牡がいる　盛に牡同士が乗り合って赤いにんじんを出す　二〇〇kgになると嚢ぐくりを繋いで去勢用具で一挙に去勢する　激痛に耐える牛、泣き叫んでしゃがむ牛　全身を震わせているのをみると殺生なことだと思う　ときが経てば牡顔が中性の顔になり、ふぐりも小さく縮まっていく　それに比べて牝牛は発情がくる狂おしくなき叫ぶ牛もいるが去勢された囲の中では反応もない、牝牛同士がのっかかり粘液を垂らす　排卵がすむとおさまる　そして肥満体になってそれを忘れて満肉に仕上る

牛舎の外には鶏も飼っている　雄鶏をつけると有精卵になる　つけずに飼うと雌のボスが雄の代行で交尾する　それらは本能のいたずらか　たわむれのレズなのか　やがてステーキやチキンになる身のなぐさめか。

詩画集『薔薇の妖精』より

愛・コーヒー

夫の頭蓋骨をみつめながら
その眼窩のまなざしのあたり
前頭葉のひたいのあたり
後頭葉のゆめまくらのあたり
それらのひとかけらを粉々にして
ひとつまみの焼香のように
コーヒーに和《ま》ぜる
そして　おもむろに飲んでいった
キューリー夫人

愛は奇抜なことをする
焼却された頭蓋骨には少量のカルシュームが
元素として残るが
それをも食べてしまったのだ
たましいというものよりも

目にみえる夫の頭蓋を食べてしまうことで
夫のすべてが自分になったのだ
ラジュームを発見できたのも
ことばや儀式ではない
真実はコーヒーに和ぜて飲んでしまった
愛だ。

紫陽花

紫陽花はいつも濡れていなければならぬ
雨蛙や　なめくじを宿していて
有るとも無いともわからない
たましいの呪文を聞いている。

紫陽花は情緒に濡れていなければならぬ
胸の中に蛍を住みつかせて
あやしい陰翳にゆれている
そいとげることも出来ぬまま
なやましく妬ましい

みなづきに窶《やつ》してやつれ
七変化に燃えつづけても
実は結ばれぬ。

紫陽花は仏花にはなれませぬ
長いこと咲き乱れても散れぬ花
霜枯れても花芯は艶っぽい
気がふれたまま
ドライフラワーになってしまう。

藤の花房

山里の　ふるさとの村で
姉と　その友だちに連れだって
藤の花房を採りに行った

わんぱく盛りの十歳ごろだった
れんげの棚田をよぎって
小さい谷間のせせらぎを越えて
藤の花房を切りとってきた

姉はセーラー服で　友だちは着物だった
何故か　二人とも泣きながら
せせらぎで血のついた足袋を洗っていた
ぼくは藤の花房を抱いたままだった

あれから六十五年も春はめぐっている
ふるさとの村はダムで水没したが
いまもこころに藤の花房がゆれている。

夕茜

夜明け
朝日が神聖にみえる
瑞雲から新しい光が射してくる
汚れた空気を浄化しているのだろう
アイドリング・ストップ　温暖化防止
車にのる人間のひがみなのか
光が　まぶしい

人間だけに心が与えられ文化をもった
その　多面体な心の闇は疑心暗鬼だ
秘かに大量破壊兵器が造られている

猜疑心が　恐怖心に火をつける
人の心の中に住む鬼が先制攻撃をする
自爆テロで応酬する

日暮れ
夕焼けが荘厳にみえる
茜の空はオゾン層にも映えるのか
人類が滅亡するときのような
夕焼け浄土だ。

花壷

きりりとしまった薔薇の花を束ねて
花壷に活けてみた
茎元に水仙を数本添えて

美女が自惚れる浴室のなかで
水仙を抱いた裸婦のプロポーション
そんな構図を考えてみる

薔薇の組合わさった花壷は
甘酸っぱいかおりにむせながら
こころもちくびれた胴に
うす紅の玉垂《たまだ》れを垂らしている

葉先のまろやかな水仙の指に
抱かれた薔薇は
羞恥に畏まっているが
やがて待紅の唇がほころびる。

蝉のうた

ちいちい蝉は子供のうた
ぢいぢい蝉はお爺のうた
しゃぶしゃぶ蝉は何をしゃぶる
かなかな蝉は　かなしいか
つくつくぼうしは何をつく

クーラーも扇風機もない
団扇で風をこしらえた
井戸に顔を写して素麺を吊した
川や池で　かっぱになった
清貧でつくられたお爺のからだ

お日さまに直射されると皮膚ガンになる
そんなかなしいことはない
かなかな蝉は　かなしいよ

つくつくぼうしは警鐘をつく

天女幻想

仏教が伝来したとき螺髪の如来さまや、ひと形の
仏像がやってきた　その中に飛天という天女もい
て　極楽浄土へ招魂するという、
その当時の明日香びとは天女の容姿に　ひとめ惚
れしたのだろう　そんな遺伝子がぼくにも伝わっ
ている。
生命の根源にエロスがあり　天女は仏教の妖精な
のだ
仏像は慈愛に満ちた頬笑みのあるのが好まれる
信じるというより好きになれるのが人情である
老域に達していくほどに天女が偶像でなくなって
抱きしめたくなっていく　やがて昇天するときは

天女のもとへ逝く　という幻夢が満たされれば大往生だろう。

馳走

鍋にすれば暖まる
牛すき　鴨すき　魚すき
みんなすきすきと　孫たちが唄う

鍋を囲めば　一家団らんできる
食が満たされれば
みんな　しあわせな顔をする

食物のルーツを考える
食肉は動物の切身だ
何処かで　悲鳴が聞こえる

調理人は食の魔術師だ
人間は　こころを持っている
宗教家も馳走を食べる
動物愛護の人たちも馳走を食べる
食物はみんな動植物のいのちだ。

魂柱

バイオリンの名器「ストラディバリウス」を弾く天才少女と讃えられた千住真理子は　ＴＶ出演でノイローゼに苦しんだことを告白した
バイオリンの構造には「魂柱」という音響の柱がある。奏者の心の琴線と一体化して音響の境地に到達するのだといい、好きな言葉と問われて「魂柱」という字を書いてみせた　好きな一曲はと問われてエルガーの「愛のあいさつ」といいおもむろに独奏してくれた。名器バリウスで奏でる音色は脳裡に強く沁みた。
天才呼ばわりされたことの重圧に耐え切れず悩みつづけ、生死の淵を彷徨いながら苦悩の果てに魂の音色を掴みとったのだろう
秋の夜ながに虫の音を聞いている、季節の移ろいで瞑目するときがくる。そのことを知ってか知らずか、羽根をすり合わせて音を出している　その音色は全身全霊の身ぶるいなのだ。

聖夜

白いドレスの乙女たちが
ハンドベルを振りふり
ジングルベルを奏でている

外は雪が降りつもり
すべてが真白になっていく
きよしこの夜のストイシズム

「音楽だけが人間と神を結びつける
その他のものは物質と金銭に結びつける」
音楽至上主義者のことばが甦り
乙女たちが天使にみえてくる

透明なひびきは神につながる
こころの琴線は浄化されるセレモニー
天使が乙女たちの白い指先に
そっと　甘い吐息を吹きかけた。
「　」はリリークラス（ピアニスト）の言葉

ぽぽ

春一番が吹いてくると
たんぽぽも地下茎から顔を出す
首をすくめて蕾をつける
たんぽぽは　太陽をみつめる
ぽぽは朝日で開き夕日で閉じる
ぽぽは風にのって飛んでいく
ぽぽの浮遊は夢のようだが夢でない
風と引力まかせだ
この大地の何処へ着地するのやら
発芽できるかどうかわからない
ぽぽの小さい　いのち
だが――
ぽぽは朝日で開き夕日で閉じる
そんなDNAを持っている
ぽぽは自然体で咲きたいのだ
「オオ　ソレミオ」
ぽぽは太陽とともに生きる花だ。

鳴き砂

――鳴き砂を踏んで丹後の春踊り――

琴引浜にくると高校入試を卒えた娘たちが
靴を片手に素足で歩いている
豊満な自重で　くっくっくっと
砂を鳴かせて笑っている

おだやかな春の渚は淡いブルーの遠浅つづきで
砂浜に白い素足がまぶしい
とおい潮がくり返す渚の鳴き砂がくすぐり
胸をふくらませた娘たちの

嬉しいしあわせがみえる

くすぐったい足裏の感触がここちよく
砂の吹き寄せにお尻を下して
笑いころげている

何の屈託もない娘たち
素足の指の間の砂粒を丁寧に払いおとす
ももも露わな鳴き砂の妖精たち

――京丹後市誕生の日に――。

宵待草

浴衣まつりの宵には
湯上りの娘たちがうす化粧を匂わせ
黄色い帯を蝶々に結んで
宵待草の花になった

提灯がゆらぐ　うすあかり
陰影のなかで目覚めていく娘は
妖精になっていく

年頃を意識した娘は気が落ちつかぬ
独りしみじみお月さまを見詰める
満月になると孕みのゆめをみている

女潮どきが打寄せてくる
男潮どきもやってくる
天体の生理だけれど　月が憎い
月の潮どきに胸がたかなる

ダイエット

普段着はジーパンをはいている
ベルトなしでもずり落ちない
何時の間にかウエスト85㎝になった
メタボリック・シンドローム
下腹が出っ張っている
運動不足から肥ってきたのか
ご飯を半分に減らしてみる
二週間で2キロもやせた
しかし　パワーが出ない
幻想の裸婦を描く気力が涌かぬ
めしを喰わねば男になれぬ
やっぱし　めしのパワーは絶大だ
それから元のようにめしを食べると
ウエスト85㎝に戻った
下っ腹にパワーが涌いてきて
ヒップの大きな裸婦を描いている。

薔薇の少女

薔薇の花束を　抱いた少女が
モデルになった
お洒落に垂らす黒髪可憐
じっとみつめて　掴んだかたち
　もうすぐ開いていくものを
　抱きしめている　薔薇の少女よ

薔薇の少女は　甘いかおりを
匂わせながら
妖精みたいな素敵なポーズ
こころ燃やして　絵具をのせる

薔薇の花束を　抱いた少女は
美しすぎる
黒い瞳が頬笑みかえす
やはりお前は妖精なのだ
　もうすぐ開いていくものを
　抱きしめている　薔薇の少女よ

泡

　グラスに注がれたビールの泡が　こぼれそうに盛上っている
　—女が盛上がれば景気がよくなる—
と、女性たちが乾杯の歓声を張りあげて　ぐいっと飲みほした　その口もとの泡ひげがとけた
　グラスから盛上った泡は、空気にふれるとみるみるとける、泡はビールの美味を蒸発させぬ役目をしている　盛上った泡は束の間に燃えるくちづけを待っている　その泡には口紅がうつる　はしゃいで羽目をはずしそうな女たちは　一瞬泡の魔性がひらめく
　—女だって同じおもいよ—
と、ぼくの詩集『満天星』のエロスを笑いとばしていく　そんな泡泡とした雰囲気にのせられて笑い上戸の泡がはじけてしまい、気抜けしたあとに一冊の詩集が残された。

モータリーゼーション

　炎天下の高速道路で野犬がはねられた　内臓がとび出した屍の上を　次々と大型車が踏みつけて通った　ドライバーは一瞬ブレーキを踏もうとするが間に合わぬ、屍は車のローラーで臓器も骨も

血糊もすっかり圧縮され、路上に印刷されていった　その上を何万台もの車が無関心に印刷をはがしていく　モータリーゼーション。
そのうちに毛皮も皮だけになり　薄っぺらな紙片になっていく。やがて車輪の風圧にまき込まれて、ふわり　空に舞い上がったまま行方は知れず
一匹の野犬が抹殺されていくには、何万台もの車のタイヤに付着して　アスファルトの摩耗熱で分解され　目にはみえぬ微粒子となって浮遊していく
ときに大粒の雨が激しく路面をたたく　道路も車体も熱雷の洗礼を浴びて　水蒸気の気炎をあげる　車は生き生きと水すましになって疾走していく。

花林糖

猫が尻尾を　ぴんと立てて
肛門を陽にさらしている
かたわらに花林糖が　ひとつ

尻は拭かなくとも
乾くと　きれいになる？
局部を舐めることもできる

猫好きにはその不潔さがわからない
尻に腕を回して抱いている
ごろ　ごろ　咽をならせて

猫は自由な　貴族さまだ
尻を拭くのは　人間さまだけだ
だから尻ぬぐいの噺は　たえぬ

黒猫の青い目が　ひかる
食器のなかに花林糖が　ひとつ
どうぞ　お茶でも召上れ

兎

牛舎にのら猫が住みつき　毎朝僅かな残飯を与えている　「夏仔は育たぬ」といわれているがやはり流産したのか仔を食べている　前足で抱えるようにして頭をかみ砕く音をたてて食べている　残飯に栄養がなくて死産したと言わんばかりにみせつける　咄嗟に　わが子を食べるゴヤの絵を思い出した　「サトゥルヌス」という子にかぶりつく奇怪な絵だ。
　少年の頃　兎を飼っていた　交尾さすのが面白くて　一ヶ月で分娩した　生まれたての仔に触れると、母兎は仔を食べてしまった　その頃は兎を飼うことが奨励されていた。そして学校へ供出させられた　わが兎を差出すと　目の前で眉間を一撃されて両眼が飛び出た　手早く皮を剥がされた一瞬湯気がたちのぼって匂った　防寒用の軍服にされていったのだ。

鳥啼けば

大寒明けに「ヒューヒュー」と甲高く鳴く鳥を笙の鳥といった。渓流の宝石といわれる「かわせみ」である。その音色は立春の夜明けにふさわしい笙の音の響がした。

　宵闇せまる雪の田面で「ブツブツ」と呟く鳥が「つぐみ」である

黄茶褐色で低音の鳴き声は　「くそつぐみ」とくさされた。

「雀百まで踊り忘れず」雀は三、四羽十二文の値うち、百舌は百舌口たたいて只の一文、早口駄弁が揶揄された。

雲雀は麦田に巣づくり　番で抱卵する　空から交替で見守る　麦が伸びて穂が出て巣が隠れていくので　「麦の穂で尻つく」「ムギノホデシリツク」と唄う。

初夏になると森の奥から梟が鳴く　明日は洗濯日和だよと云うて鳴く　「ほほ糊つけ干せ」「ホーノリツケホーセ」

椎若葉の頃に「コノハズク」が鳴く　夜更けに恋の片割れが待ちどおしくて「ホホー戻ってねんこ」「ホホーモドッテネンコロショ」。

魂たちは、いま

人間には生きた体と心がある　死ぬと魂だけになる、理不尽な殺戮で魂だけにされた死者たちが、いまゆらいでいる。

奴隷船虐殺、ソ連邦密告の嵐、アウシュビッツのユダヤ虐殺　ポルポト派の虐殺　原爆死や戦没者たち　殺戮する側の人間の心の恐ろしさに怯えたままだ。

冥界にはヒューマニズムに浄化された魂たちが秘かに集う魂のたまり場がある　その魂だまりには敵も味方もない、国のために戦死した軍人たちの魂が、自国の勲章と敵国の勲章をみせ合って、手柄をたてたはずの魂の尊厳が泣いている　まして敗戦国の英霊たちは価値観が変って犬死ではないのか、と彷徨っている「靖国は悲し国敗れて護国の鬼となりしも」である　正義も侵略も勝敗もない戦死者ほど空しいものはない　その怨霊が冥界をゆるがせている　慰霊だの鎮魂だのと拝まれても、人の心の中に平和の砦を築いていない、戦争は今も起きて殺戮がつづいている。

召集

連隊の兵舎前で面会が行われた。戦況は皇軍が玉砕したり転進をつづけていた。国内逃亡兵は重営倉だ。その筋の命により面会時間は三十分だ。田舎の親父は地下足袋にゲートルを巻いていた。赤紙召集の息子の嫁を連れて面会を待っている。嫁は身重で紺のもんぺに国防婦人会の襷をしている　親父たちは気が落ち付かない「今度ばかりは生きて帰れんかも知れん」異様な雰囲気に殺気立っていた。親父たちは厠の扉の前に立ち息子と嫁の背を押して立ち番をした　血気盛りの悲愴な別れは熱涙にむせいだ　「死んじゃいや必ず帰ってきてね」面会でも女女しく抱擁もできぬ召集兵にしてみれば　たとえ数分の逢瀬でも　おもいを果たせてやりたい親ごころ　折からの集合ラッパが鳴りひびく　「嫁が待っとる　帰って来いよ」耳もとで囁いた親父の声はふるえた、天皇陛下万歳が叫ばれ感涙とともに戦地へ赴いていった。一ヶ月後、未明の東支那海にて輸送船沈没による名誉の戦死。

縄文回帰

氷が張った池の面に幾何学的な紋様がみえる石を投げるとチンチンと響き　せきれいが尾を上下に振り振り小さい足跡を残している　チチチチ

と鳴いて素早く隠れる小鳥はみそさざいだ　姿はみえぬが声は聞こえる　少年は五官を研ぎすまして手造りの弓矢で追っかけていく。

　原野の枯すすきに霰が音をたてて降り　俄雪が降ってくる　そんなとき赤しょうびんが枯枝に止まって膨らんでいたりする　少年は一瞬ときめいて弓矢を射る縄文の狩人になる。

　チョチョチョと雌雉子の擬音で雄をおびき寄せて射止める狩は知っているが　ドドドドと羽搏く発情した山鳥を素手で捕まえる狩は初めてだ　山鳥は目前でドドドドと羽搏く　夢中になって追っかけ山の奥に彷徨い込んだ山鳥が　うずくまったまま動かない、少年は、わななくものを抱きしめた。その刹那、縄文の野生婚がときめいてきた尾長の山鳥は髪毛の長い少女の化身だった。

凍蝶

蝶が一匹　女郎花に止まった
もう一匹の蝶は
男郎花に止まった

おみなえしはうす黄色の花で
秋の七草のひとつ
おとこえしはうす白色の花で
茎と葉に毛が生えている

おみなえしに　とまった蝶と
おとこえしに　とまった蝶は
縺れ合ったまま
樹木のしげみに隠れていった

樹木のなかにはユーカリの樹があり

そこで番の儀式をすませて
黄泉の国の凍蝶になる

一枚のタブロー

すばらしい絵画に出会うと震えて動けない
そんな感動は未だ体験したこともない
素敵な絵は何度も視ているが
その絵から離れられぬ　ということもない

すごい美人に出会ったこともあるが
じっと視惚れているわけにもいかず
ひと知れず溜息をついてしまう

絵は凝視できる　見詰められる
だが　高価だから買入できぬ

せめて見よう見真似で画いてみたい
「天女幻想」とか「薔薇の妖精」とか
詩感を燃やして独自性を出したいが
今迄が基礎段階で　これからが本番だ
会心のタブローを画いてみたいものだ。

法師蝉

残暑が厳しくて彼岸が過ぎても
つくつく法師が鳴いている
毎年　彼岸になると故郷の寺から
僧侶が檀家の棚経に来てくれるのだが
今年は入院中で欠席するという

ふるさとを離れて四十一年になる

亡父は三十八年　母は九年になる
入植地の墓地に小さい墓石も建てた
つくつく法師の鳴き声がお経に聞こえてくる
つくつく数えて十五回　じじっと解き放つ
棚経に来たのか庭木で鳴いてくれる

お前には教祖も勿体も序列もない
つくつく鳴くのが伝統の自然教だ
いつの世から鳴いているのか
子孫を残していくことの繋がりを
つくつく鳴いて浄土にしてくれる。

二度ばら

真赤な　ばらを描いた
花瓶に狂おしく悩ましい裸婦を
うっすら描いてみる

美の女神はばらの妖精なのだと
想いつめて　この齢になった
幻想の美女たち

想いを燃やしつづけた
くびれた翳りの悩ましさ
生きているうちは燃えるもの
燃えなくなったら死に体だ

八十路の老春がやってくる
きりりと締まった莟を　ほころばせ
二度ばらが　咲いた
刺もしっかり付いている
小春の空に　海月《うみづき》を見上げていると

堕天女が　舞ってきそうだ。

臓器移植

不法投棄された医療用ゴミの山から腐臭のガスが発生する　そのガスの源をたどれば黒い手がのびている　その手は白い手袋をはめている　臓器移植が医療に俎上してから、ドクターが買収されてドナーがつくられる　患者とは串で心を突き刺す意で医療が成り立つ側面をもつ　白衣の倫理には人命尊重と開発優先の論理が競い合う
　いい医療を求めて医師や患者がやってくる　人命救助の美名に匿れた利益優先の企業体質がある
或る国の死刑囚の臓器は暗黙のうちに取引きされる　ドナーという名は貧困の果てに二つある臓器の一つを売る仲買いの手にかかる　安全な臓器を待ち望む大金持の患者は闇献金を積上げるので医療の高度化に貢献しているという　尊厳死よりも安楽死させられる側の人権という倫理観の希薄な地帯から　入手している臓器の需要と供給の闇取引きは　今のところ必要悪なのかも知れないと云われている。

石灯籠

神社の境内に自然石の灯籠が建っている
大きな基石の上に加工された枡形の石が
頭石の自重に堪えている
その重力のバランスで石灯籠が成り立つのが
日本庭園の均整美なのだろう
灯籠は風雨にさらされて苔むしている
枯山水の玉砂利が幻覚の水を湛えている

だが　石灯籠よ
その重い頭石を支えている枡形の石よ
美とは　儚いものだ
いつも灯がともされている形だが
いつか　きっと頭石が地に落ちるときがくる
それは　自然災害か
それとも　戦争か
戦争は人の心から起きるのだ
いまも地球上には自爆テロが起きている
ここは　頭石が地に落ちないように
平穏無事を祈るところだ。

仏まつり

母が脳梗塞になり三日の患いで、九十六歳の大往生をとげた。「おばあちゃんは子孝行の死にかたで大助かりや」と女房は口癖のようにいい、母のしてきたように朝夕の仏まつりは忘れない、ところが昨夜は仏壇の花壺が畳の上へころがっていたと不気味がった。仏間や母の居間はカーテンを閉じて普段はうす暗い。深夜手洗にたつ母の四つ這いで階段づたいに立ちあがる幻が浮かんできた。仏壇も拝まぬ不信心なぼくは良心が咎めだした。仏壇には母の遺影と骨壺を安置している。この仏壇も天女の壁掛彫刻、鳳凰の欄間など、ぼくの趣味に合わせて作ったが、何故に花壺がころんだのか、仏壇をみわたした。花壺には無造作にひまわりの花が挿し込んであった。

〝この不細工な頭でっかちに差し込んで〟と花を抜き茎を短く切って挿し込んだ。ただそれだけのことだ。それを知ってかチーンと鳴らして女房は仏まつりをしている。

西の湖・有情

　安土山の西に位置する内湖だから「西の湖」という呼称がついた「春色安土八幡の水郷」が　文化景観第一号に指定された　水郷のもつ魅力は四季折々の季節が移ろう絶妙な光景にある　特に春色と呼ばれる駘蕩とした「よし芽の萌え出ずる頃」は絶景である　よしは水を浄化する作用がある　よしの群生に囲まれた水路を和舟で舟首ふりふり漕がれていくと　視界の目線が丁度よしの茎と水面だけの視野になり　世の中の喧騒から逃れた別天地になる　その心地よく揺曳されるひとときに　人は自然のもつ浄化作用に洗脳されていく自然から遠ざかった人ほど強く浄化されていくようだ　そういう水辺の癒しの場を水郷は提供してくれる。

　西の湖は安土山が目前にある　かつての天守の幻影　或いは蒲生野の相聞歌も彷彿とさせる歴史がある　真にナチュラルに揺曳する箱舟が面白い文学　音楽　美術などの自然と共生形の芸術学習船を浮かべてみたいものだ。

河骨《こうほね》

立秋がすぎて西の湖のよしの葉ずれに
蜘蛛の巣は獲物を捕らえているか
オハグロトンボが水面に映り
水馬《アメンボ》もとんでいるだろう
水位が下がり　よしの群落の淵に
白鷺が立っているだろう
泥臭い水面に牛蛙が縄張りの土声を
ひびかせているだろう

残暑がつづき　ホテイアオイがもりもり
群生をひろげ　うす紫の花を鈴もりに咲かせてい
　る
洋名「ウオーターヒヤシンス」
それに比べて　ぼくの好きなスイレンは
河骨　何故こんな名がついたのか
よしの群落の迷路の奥に秘そと咲く
黄色い　か細い五弁花
水中から小さい顔を出しているだろうか
夏やせのスイレン
カイツブリに看とられているだろう。

蟷螂《かまきり》

「ねえ　お臍に耳あてて」と　女が甘言を言った
すっかり丸みをおびたお腹の中心に　深い笑窪が
　あった
そこへ耳をあててみた
すると聴診の蝸牛がぴったりくっついて
胎内宇宙から微かな伝言が聞こえてきた
そこは　何時も生殖作用の卵星雲が渦巻き
周期的に星雲が排出されて　流星になっていった
胎内宇宙の胞衣から胞衣へとつながってきた
臍に耳をあててみることは
他の動物よりも少しだけ脳の容量が大きいことな
　のだが　倖せなのか　禍いなのか
エロスの毒杯をあおってしまった蟷螂は
じわじわとフェロモンを分泌する
まして幻想と現実の境目がマヒする体質だから
ときに狂った甘言を言う
「ねえ　あなたを食べてしまいたいわ」

雷さん

しくしく雨に降られていると　独り住まいの侘しさも　しっぽり濡れてしまいます
雨樋から漏れてくる水滴を曳いて　古壺に垂らす水琴窟のある茶室で　悠長にねそべりながら空想恋に耽るのが好きどす。
　そやけど雨足が俄かに強まり　あたりが急に暗うなって　雷さんが近づいてきやはると　香をきながら気をしずめます　稲妻が走ると秒を数えて雷鳴が聞こえるまでは　音速で雷さんの居場所がわかります　頭の上で派手に居座られると　ほんまに独り身が心細うて　誰か頼りになるお人に縋りつきたくてお布団の中で躰が震えてしまう。
　雷さんは何処におちはるか解りません　耳を劈く雷鳴に失神してしまう体質を　誰にも知られとうはない　はよういい人をみつけて打ち明けたいと思っています
　やっと遠雷を聞く頃の安堵感は　又格別に嬉しうて、甘い和菓子に濃いお茶を一ぷく頂くのどすえ。

落日

伊豆半島ドライブ旅行の二泊目は　堂ヶ島という景勝地に着いた　宿探しを地元の人に聞いた「奥」という民宿を紹介してくれた　そこは釣客が泊る雑魚寝の宿だった　夕食までの時間を同行四人で散歩に出た
　磯の香をたよりにぶらり行き着いたところは突き当りが崖っ淵で露天風呂の案内所があった急斜面に沿って階段を上っていくと　行き着く先に露天風呂の小さな館がみえた　温泉が曳かれて

いるのだろう　夫婦きどりの客人が足軽に上って
いった。
崖っ淵の階段を上りつめると　駿河湾が一望で
きる岸壁の上に出た　と同時に丁度熟柿の陽が落
ちようとするグッドタイミングに出会した　偶然
の落日にしばし見惚れた　陽が沈む一刻一秒の時
間がみえた　火色が血色に染まり　やがて紫色に
没していく余韻が　ぼやけていくまでみつめてい
た。
それにしてもあの客人たちの露天風呂は　落日
に肌身を染めたであろうか。

或る女性の告白

独り身の熟女が処女詩集を上梓した　そのペー
ジには長いこと　秘めていた心の襞から　滲み出
る羞恥があった　花がほころびる隙間を蜂に刺さ
れたという暗喩めいたうめきが漏れていた
こころが燃えて躰が畏縮する症候群は　腹の中
に石を孕んでしまい　いつも被害者意識の妄想に
嘖《さいな》まされて　触れ合うほどに反発嫌悪をつのらせ
る　意地っ張りの強いプライドは石を着床してし
まったのだ。
そんな女性には呪術的なプラトニックラヴで
長いリハビリケアの愛撫が必要なのだが　その愛
が催眠効果を現わして　悦びの官能が目覚めてく
ると　少しずつ石が溶けて燃焼してくる　その悦
びこそ恋の魔性なのだが　それにしても自惚れて
きた宝物を　恋に燃焼できなかったことが寂し
かったと書き　末尾の一行には「死ぬほど激しい
恋がほしかった」と結んでいる。

休火山

噴火マグマの溶岩が凝縮して
火口湖が出来ている
その　うす青く澄んだ湖水に
素裸の月が水浴している

ぼくは湖水の小高い淵に立っている
何万年も昔に出来た自然の造形に
硫黄の石を　投げつけてみた

青い湖面に　ぽつんと穴があき
波状なす波輪で　月が溺れてしまった
ああ　神に対する　いたずらを恥じた

波輪がおさまるまで　見詰めていると
うす化粧した満月になっていた

火口湖の底の喉元には
かつてのマグマが固唾を呑んでいる。

湿舌

赤提灯が　ずず黒く灯っている　すすけた縄暖簾の奥で　男と女が牛の舌を焼いている
牛タンはスライスされて綺麗だ
それを食べているのは二人の舌だ
ジョッキを傾けていくほどに呂律がまわらず
ときどき舌鼓を打っている　噺のはずみで　ぺロッと出したのはお茶目で剽軽な女の舌だ
〝舌を　なめたらあかん〟
その舌ざわりは筆舌につくせない

むしむし蒸しかえす梅雨の末期　俄かに悪寒戦

慄が走り　雷鳴が夜空を劈《つんざ》く衝撃波で　灯が消えた　女は悲鳴をあげて男にしがみつき　そのまま失神を抱きしめさせる
湿舌の夜空から大粒の雨が土砂降って一過性の嵐が吹き荒れる　雷鳴と稲妻がしきりに二人の闇をまたたかせている。

床入り畳

赤茶けた畳は　祖父が財を成して家を新築したときに　夫婦部屋に敷かれた床入り畳だ　親父ら叔母ら五人が生まれた　親父が大正十年に母を娶って床入りした畳だ　姉が二人生まれ僕が生まれたのは昭和のご大典　それから弟三人妹二人の兄弟が生まれた畳だ　それを表替えして昭和三十年に僕が床入りした畳だ　息子が生まれてＴＶを引いて赤茶けた床入り畳は上敷の下に隠されていた　昭和四十二年ダムになる故郷の村を後に　琵琶湖大中の湖干拓地に入植した　その二年後に親父は故郷の家で病死した　昭和四十七年にダム移転補償で家屋をとり壊した　そのとき赤茶けた床入り畳を引っ張り出して燃やした　床入り畳の下から春画が出てきた　親父は妾を囲って春画で稼いだが　財を喰い潰してしまった　だが死ぬまで旦那きどりで暮した　赤茶けた床入り畳は家系のしがらみとともに　くすぶりつづけて燃えた　僕はその反面教師の烟にむせて涙がこぼれた。

晩年

日暮　夕暮　黄昏　かわたれ　と
れ音の語尾がつづく言葉を口ずさんでいると

いまは　静かに裸婦を描いている。

くれなずむ年のおわりの　いとおしい晩年がみえ
　てくる
「今晩わ」
と　妙齢の女性が声をかけてくれると　妙に嬉し
　くなれる
女ともだちはみんな恋びと　と
おおらかに言える老齢になった
「おじいちゃん」
と　孫娘がなついてくれる
年々いい娘になっていくのが目にみえる
それに比べて年々年寄っていくわが身との　輪廻
　をおもう
やがて没年がやってくる
玲瓏とした声明がひびく幻想の儀式には
あの世との境目に天女が舞っている
その天女を　この眼で描きたいと思った刹那
天女は地に堕ちた裸婦になってしまう

未刊詩篇

鶴

元旦のＴＶで鶴の鳴き声を聞いた
丹頂の番《つがい》の鳴ける嘴の
先に真白き吐息の見ゆる

釧路草原の夜明けは零下二十度という
丹頂の片足上げて立ちつくす
凍傷もせずその長き足は

鶴の番が飛来してきた
丹頂の両翼広げて着地する
優雅なる羽根いまだたたまず

鶴の番はどちらが雄か雌なのか
丹頂の白き腰羽根にのりかかる
つるみたき人のおめでたき春

うめぼし

少年時代は戦時中の非常時で
べんとうには　うめぼしひとつ
日の丸べんとうと言われた。

べんとう箱はアルミだったが
うめぼしの酸で蓋に穴があいた
穴は竹の皮で塞いで使った
食べるときはその穴を隠した。

うめぼしは酸っぱくて
舐めて　かじって　飯の菜にした
種は何度も何度もしゃぶった。

うめぼしは清貧の味だった
空腹のご飯は　甘かった

うめぼしの種は空べんとうの中で
からからと　音をたてていた。

大根

引き抜かれた大根が
畦に並べられている
襟首肌白の細おもてである

春立てば　くくだちして
菜の花を咲かせたい
そんな力を秘めた大根たちだ

大根は天日に干されて
甘漬けにされる
ぐんにゃり曲るくびれの具合は

ぬかみそでしつけられる

歯切れのいい音をたてて
若嫁が甘漬けを食べている
その口中にひそむ睦みの味を
ほくそ笑みながら
大根足をかくしている。

淡月〈あわづき〉

教会の十字架の　天空に
うす紫いろした　たましいのような
淡月をみた

友人の告別式の次第にそって
賛美歌「いつくしみ深き」を合唱した

牧師は厳かに聖言を読み上げた
「わたしを信じるものは死んでも生きる」

その昔　私は教会で洗礼を受けた
霊感が起きなかったので辞退した
無知なお祈りは形式になったのだ

天に召された友の肖像画を画いている
未来愛の生命を繋げてきたものを
八十路の中半にサヨナラしてしまった
うす紫いろした　淡月をみた。

挽臼

挽臼は生活の必需品だった
凸凹の石が重なり擂《す》りあわせ

擦《こす》りあわせて　粉を生みだした。

女臼は受身の尻臼で動かぬ
雄臼は穴へ穀物を少量落しつつ
それを左廻りの臼で粉に挽く。

粉は湯で捏《こ》ねられ丸められ蒸される
手間暇かけてだんごにされた
花よりだんごと　好かれた昔噺。

挽臼の片われが漬物石になった
〝おまえは　どちらの石なのか〟
凹みに垢ためた女臼だった

片われは何処にいるのか
限界集落の朽ち果てた
屋敷の跡に埋もれている。

桐の花

山里の集落跡に
桐の花が咲いている
娘が生れると桐の花を植えた
そのうす紫の花に郷愁が沁みる。

桐の木は成木になっている
立派なタンスになるだろうに
　娘がいない
　若者もいない
　村が消えた。

桐の花は高貴な家紋
巫女《みこ》の舞う鈴なりのかたち
禊《みそぎ》をはらう契りもなく
　出来ちゃった婚

×いち
呉服もの不用。

過疎の道しるべ
雨上がりの野仏に虹がさして
狐が嫁入りをしている。

冬虹

鈍行列車の車窓に映った
真向いの美少女に見惚れていた
見詰められていると気付いたとき
含羞みながら俯いてしまった。

それは霞のような遠い独身時代の
車窓鏡で　目が合った

美少女との　ときめきだった

今は　快速だの超特急だのと
便利になって情緒も吹き飛んだ
ぼくの人生も終着駅に近づいている

妄執のしぐれに冬虹がさして
遠いむかしの幻影が頬笑んでくる
掴むことの出来なかった冬虹が
ひときわ鮮やかに灯っている。

貝

空に　月が満ちたり欠けたりする
そして　満干がくり返されることを
貝は　身にひそませている。

潮騒のリズムに慣らされた貝は
そのリズムが微妙に変化するときを
密かに　耳をすまして待っている。

春だ　春の予感が打ち寄せる
大潮の底知れぬ暖流にみちびかれて
貝はうごめく　うめきの羞恥を抑えきれず
海鳴りの響を聞いている
その心地のよさに　うっすらと口を開け
舌が独りあるきをする。

何週かが　めぐり
闇から臨月に変身する月の夜に
貝は陶酔から醒めて
排卵のいたみに耐えていく。

侘助

ひとり　ぽっくり旅立ちたいと
安楽死を考え
庵主さんのいる侘びすまいに行った

尼僧が手招きする庭に出ると
侘助が　いち輪　咲いていた
花はひと重のうす紅色で白斑がある

頬寄せると仄かな美肌の匂いがする
花は　みるものに咲いてくれる
咲ききってこそ　散れるのだ

「愛縛清浄」の茶掛けの軸に
尼僧の手が合わさって数珠をきると
今生の別れの淵に立たされる

侘助と名づけられた茶ばなの
たねを宿さぬ身のさだめ
白い蕾がほころびてくるものを
清楚に抑えられた侘び茶を飲む
——侘助や抑えても抑えられても咲く茶ばな——。

落椿

花粉症に　ひ弱なお人やから
夢二絵の　柳腰の人妻やから
家に閉籠ったままのラブコール。

椿の下り枝を届けてあげると
最高の花枝だと　頬ずりをする
蕾　半開き　全開きの間の活しかた

花弁のはじらいを艶葉で半隠しする。

華道の師範の花じかけ
翳りの部屋で秘策を練った
活け椿の花弁のいろめきを
抱きしめた耳朶の甘噛み。

このまま八十路のうしろめたさは
羽化して蝶になる束の間に
ほろり　落椿す。

星砂

かすみの天空に海月がのぼっている
もうすぐ春の大潮がやってくる
海鳴りの暖流が貝の耳に響いてくると

若貝たちは熱っぽくなって落ち着かない
抱き合ったまま砂にもぐっていく。

海は劫初から潮のゆりかごをもち
陸に這い上がった諸々の元祖たちは
かすみの天空の海月に吠えて闘志を燃やした
貝たちは波間に浮んだ水母に春をつのらせた。

春の渚に水母が浮いていて
ゆったりとした潮の呼吸に
排卵期を終えてしまった老貝たちは
淡い虹を殻の内側に滲ませたまま
二つに割れて、離ればなれに果てていく。

その仄かな虹の貝殻が
潮のゆりかごに磨耗されつづけて
小さな球体に浄化される

そして、たましいの星砂になる。

その反照として
天体から満天星がきらめいてくる。

注　「星砂」有孔虫の殻が砂状に集積したもの
…と辞書にあるが「貝の殻が浄化されて星
砂になる」…の意に転じた。

星つる藻

びわ湖は約四百万年前に生れた
古代湖といわれ　その広い湖面は
月の引力で静振するという。

いつもはやさしい揺りかごの渚だが
途方もない時間に摩耗された

真砂と星砂が交りあって
水すましの躍りをしている。

そんな渚に柔らかなひかりが屈折した
深みには古代からの女神のネックレス
うす翠の星つる藻がある。
星つる藻がネットを広げるところは
稚魚のゆめのあぶくもみえてくる。

湖はやさしい受けみの客体だから
ときに虎落笛《もがりぶえ》の白波に狂うとも
ひと夜すぎれば昨夜のことなど忘れ
陽にほほえんでくれる。

びわ湖が汚れだした赤潮の騒ぎから
やっと女神のネックレスが
ちらり　と見えだしたのだ。

愛神

凪いだ湖面の向うに比良の峰が横たわり
此岸には　うの花が咲きみだれて
托卵した時鳥が夜どおし鳴いている
空に十三夜の淡月が顔を出して
うすく色づきかけた　あばたが
気流の　ファンデーションで
機嫌のいい女性の美肌にみえてくる。

そのむかし　青鳩も托卵の美女と幻覚して
山の彼方へ追っかけていった
キャンプの寝袋で　星空をみつめながら
媾合した放精が星雲にとけてしまった
ヤッホーの青春の冴たち
桃源郷で爛熟した桑の実の乳豆
瑞喜した咽ごしの涙を忘れない。

みんな生命がいのちをつくって何千万年
永い進化の連鎖を経てきた人体構造
ホモ・サピエンスに愛神が宿されてきた。

四百万年の過去から形づくられてきた
古代湖の　なぎさに立って
悠久の種がつづいていくのか
現実の世に核の悪行はないのか
愛神よ。

愛の魔笛

自分の意志でない魔の力で
金縛りになった
神経の誤作動なのか　それとも
冥界からの指令なのか。

空想狂のロマンチストだから
たましいが迷宮入りで自堕落になり
うす闇に心耳をこらしていると
冥界の扉のきしみが聞こえてくる。

女の微笑は天使を宿しているが
どこか魔をひそめている
魔がさして恋におちてしまったときから
愛の潮《うしお》がくり返す渚では
波のり上手に浮き沈み　干潟を渡ってきた。

いのちが生命をつくる魔の連鎖
そのさわりのところに触れあいながら
遠い原人たちの愛の幻聴を聞いてきた。

冥界には　たましいを引きつける磁場がある
生命力が弱まると引きつけられてしまう
その刹那まで愛の魔笛を吹いていると
磁場も　ニュートラルになっている。

美女神

山里で　笹ゆりが夢いちりんの
乙女咲き
山の彼方で郭公が　求愛の
こだま啼きをしている。

それを聞いた少年は美少女を幻覚して
ブルーかげろうの日溜りで
目覚めが起きた。

それは　尾長山鳥が少年の目前で
どどど　と羽音をたててうずくまった
掴まえようと　追っかけ　追っかけて
森の奥で追い詰めた　とたん
くくく　と奇声を発した山鳥は
美少女の幻覚とすり変った　その刹那
生ぬるい夢の精がとび出てしまった。

それは発情した山鳥の超能力が
羽音と共に少年と交合してみせた
幻覚操作だったのだ。

その羽音が幻聴となった少年は
美少女の幻覚が美女神になっていった
そんな性癖が今の老春に生きている。

—生命が命をつくる連鎖は神の思し召しだ

その他は人間が創った宗教文化だ—
シャーマニズムの性典より

恋愛詩集

ぼくの恋愛詩集のページから
愛の字が消えた
愛の字を失くした詩集はそっけないが
恋の字は残されている。

愛の字が消えた字穴から
丸々ふとった紙魚が出てきた
愛のことばを食べつくした
愛の巣になっていたのだ。

恋の字はなぜ食べぬか
愛の巣の奥には小さい子供たちがいた
恋の幻よりもリアルな愛が強烈で
いのちの繋がるしあわせがある——。

花火

老いらくの煩悩がうすら笑う
朽ちかけた恋の未練たちが
種火を灯しにやってくる
暗喩の美酒を酌み交わしたひとと
茜の空を真赤に染めあげてみたい。

遠花火を　みている
花が一瞬　散ったあと
漆黒の闇から　音が聞えてくる。

それでも　花火はいいものだ
その脳裏の奥に咲いた一刻の美を
共有して闇に散らしていくもの。

しゅるる　と発射する渾身の筒も
遊びハンドルの範疇をこえて
邪恋が仮面をかぶって暴走する
急ブレーキの轍《わだち》がのこる。

「どかーん!!」
頭上にかぶさってくる大花火に
わあーーと歓声をあげさせる
花火師は　火種袋をもっている。

仏蝶

女ひとが熟睡するとき何処からともなく、うす紫の蝶が飛来してきて潰れるほど睡らせてしまう、それはうす紫の蝶の霊波が、女ひとの脳波を痺れさせてしまうからだ。

この世が魂で満ち満ちていた劫初の時代から、人間の生命が創られたときから、うす紫の蝶は螺旋状の管を　女ひとの奥処に差し入れた遺伝子本能だったが、永い進化の過程には多面体な遊びごころの愛が、エロスの神を目覚めさせていった。

うす紫の蝶は人の目には見えない　女ひとの睡魔を司る仏蝶といわれ、熟睡するほど美しくなって陶酔を与えてくれる蝶なのだ。

女どきが燃えあがるときめきに、生命を孕ん
でしまうよろこびに、あのひとときの睦みの
美笑を持つ妖精になっていく、魂が劫初から
つづいて生命を孕ませているということを、
知らしめたい蝶なのだ、生涯にわたりエロス
の小悪魔たちとの道くさは、仏蝶の仕業がつ
づいているからでしょう。

嬶《かかあ》天下

転寝《うたたね》をしていたメタボの女が
ぽかんと口をあけて鼾をかいている
美肌メイクの上手な熟女だが
甘ったれの鼻声を漏らしている

熟睡の無呼吸のまま　深沼の底に
沈んでしまった　と思いきや
すうっと　浮上したときの
すごい鼾が　あたりを憚っている

睡魔にとりつかれた女は潰れるほど睡る
と、眠れる森の美女を彷彿とさせるが
無呼吸症候群の底なし沼のそこのそこは
美女が花園で手招きをするという

したたかに生きてきた熟女は蘇生する
殷の時代に漢字が考案されたときから
鼻面《はなづら》の座った嬶は　大胆な好色で
男を尻にしく性だと　認められてきた

鼻　鼻　鼻つらのいい嬶の悩ましい鼾を
もち上げた恐妻家どもは

みんな嬶をほめあげる　そして密かに
嬶天下の時代がくるのをおそれている。

老春譜

啓蟄がすぎた頃から朝起きがつらいと、古女房が漏《も》らしだした。春眠床で四つ這いになったまま尻臀《しりこぶた》が痛いといい、ぼそりと這い出していく、若し寝込まれたらどうする、重い覚悟がよぎる。

二人暮しの二人三脚になって十五年にもなる、わが家で飾っているお雛さんに赤飯を供えながら、孫娘に春の目覚めがあったと漏らす、孫娘はお雛さんに興味がうすれ、塾に通うようになって大人しくなっている。

折から伊勢神楽の獅子舞いが、お囃子も賑やかにやってきた、今年は百年に一度の大不況だけに、お囃子も何となくもの哀しくて、ご祝儀をいくらにしようかと、古女房が独りごとを云いながら「背中が痒い」とすり寄ってきた、背筋に沿って手を差し入れると、そこ　そこ　そこと奇声をあげた、そんなにいい気持なのか、すっかり忘れていたむかしの快感が背中へ上ってしまったのか、そんな可笑しさがこみ上ってきた。

金婚式も知らぬまに過ぎて三年目、玄関わきの茎立ちした一対の、花かんらんがゆらいでいる。

鮑（片貝の噺）

すもぐり上手な海女は知っていた

海蝕洞穴の奥ぶかいところに
大きな鮑がいるという言伝えを

だが洞穴の奥は屈折の伏魔殿で
鮑の何年来の生き残りが大鮑となり
この世のものとは思われぬ美しい貝姿

それは初夏の大潮の明けがた
洞穴から魔をひそませた大鮑が
のそり　と外に出るときがきた
片貝の片思いの貝殻は赤味を帯びた

海女も片貝　鮑を秘めている
その躰をくねらせて片貝に接触《ふれ》たとたん
吸いつくように結合してしまい
もう浮上することを忘れてしまった

注　大鮑とはミミガイ科の大形巻貝の総称で貝殻は25cm以上の片貝だから—磯の鮑の片思い—という哀歌をもつ

散華

満開ざくらが散りそめた
さくらの樹勢は　うす桃色の血流で
枝葉末節に萌えて　炎えて
無数の花を咲かせて　散らしていく
その花吹雪にうずくまって　瞑目すると
恋多きひとが浮かんでくる。

爛熟して陶酔しておちていく心地のよさは
解放されていく　まどろみを知りつくした
おんなのものだ
もう　何度散らしたことか。

散華の美を堪能した七十路のおわりの
「もういいかな　いいえ　もうちょっとね」※
と　ため息ついたひとよ
桜花爛漫の妖精になったのか
さくらは　あの世にも咲かせたいよね。

「もう　ちょっとね」
その恋を重ねた詩集を見開いていると
倫理よりも天倫を悟ったことばが
あの世の風に　めくられていく。

※三井葉子詩集『秋の湯』あとがきより

「サヨナラ」の詩人たち

「コノサカズキヲ　受ケテクレ　ドウゾナミ
ナミツガシテオクレ　ハナニアラシノタトヘ
モアルゾ　サヨナラダケガ人生ダ」
于武陵の漢詩「勧酒」井伏鱒二訳を
安西均が揮毫した一幅を　拙宅の書斎に掲げ
ている

わが人生もたそがれてきて　しみじみと加齢
の美酒をたしなみながら
大先輩の九十路を仰ぎつつ生きている

三井葉子が山田英子と安西均を連れてきた
そのときのスナップを見ながら
「ひかる源氏の恋うた」「わが恋を許し給え」
の二幅がある　唯一ハグの出来る女だった

或る詩誌の女流の詩を賛めていると
偶然にも「僕の恋人」と告白された
磯村英樹は「おみなみな好き」の好色の一幅
を寄せてくれた

「女はみんな花だから」の福中都生子の宅へ
二回訪れたとき「女は咲いて種になるだけ」
と言ったあとで　うふふと笑った

ぼくのアトリエに二回も訪ねてくれた
福田万里子も「胡桃」の絵を残して逝った
「作詞家よりも詩人でいたい」の島田陽子も
「世界の国からこんにちは」が残った

みんな「サヨナラ」してしまった詩人たちの
遺していった詩集の中には
熱烈なロマンスの花が燃えている。

ほほえみ

柿青葉のなかに柿の子を探す　そっと撫でて
みる　白い粉をふいている　柿の木はこそば
ゆいだろうか。
栗の花房が落ちた付根に　淡いいが栗坊主が
いる　いたいけな坊主だ　やがて強い刺を立
てるだろう。
夏柑の白い花が散ると　青い小さい実がくっ
ついている　太く丈夫に出来て風雨に強い、
やがて大きな実がぶら下る。
かるがもの親子が引越しで道路をよぎる
五羽、六羽、おや七羽のちびっこ雛だ

みんなで水辺にすべり込ませて　ほっと
安堵を水面に漂わせるＴＶ。

家の前を　ちびっこたちが数珠つなぎに
とおっていく　前後を引率する　女の先生も
はちきれそうで　みんなきらきらのくりくり
ゆめがうずまいて、つむじ風が空へまい上っ
ていく。

胎を蹴って、殻を破って、花蕊がふくらんで、
いのちのひみつは、ほほえみになっていく。

青い蝶

酷暑つづきの　わが家の庭に
鬼百合の黒斑点の花弁が
そり返って　蕊が突出している。

突然　黒い雷蝶が飛来してきて
鬼百合の蕊から蕊へ　ひらり　ひらり
チューして回った。

鬼百合には雷蝶がお似合いだったのか
どこから来て　どこへ去っていくのか
うまく通じ合ったものだ　と。

なんじゃもんじゃの木に　まきついた
時計草の花が笑っている
十数弁の上に青い放射状の円形文字盤に
二段の蕊が時を暗示している

七〇年目の時がめぐり
玉音放送をまき戻してみる

非戦を誓った「9条の2」の青い蝶が時計草の花に秘められたままだ。

雑魚とり

村の溜池で雑魚とりが始まった、堤に盥と手桶が並べられ長老が池の神に神酒を供えて無礼講の許しを乞うた、村びともお下りの盃を受けて廻し飲みをした。

子供等と女衆《おなごし》は　バケツに笊や籠を持って池に入った　エビ　鮒っこ　泥鰌っこ　田螺　菱の実を獲った。

池の底水に集まった鯉や鮒は背鰭をみせて逃げまわる　それを網で掬って跳水をかぶった少年のときめき、

ひと通り獲ったあとで泥樋が抜かれる　これからが泥踏みをする鰻とりの本番だ。

男衆《おとこし》は褌一丁　子供等は全裸、女衆は襷がけで赤いおこしをまくり上げて泥を踏む、女衆の腿下に鰻がつくと言われ、踏むほどにぬるりと足裏に触れるもの、うるるるる　こそばゆい甘言が出る　と　すかさず男衆がその足もとに手を突込んで　鰻を掴みあげると　みんなの歓声があがる。

かくしてあちこちに歓声があがるほどに、女衆の腿足にはずみがつき、つい足を滑らせて尻もちをついてしまうと、ひげ鯰が泥をかぶったと　笑いがはじけてしまう。

そんな鰻と鯰のからみ合う　うるるるるの泥んこあそびで仕留めたものを　今夜は蒲焼きにして精

くらべをする　と女衆の秘そひそ噺。
長老は池の神と通じており　泥樋を詰めさせて、
小さい種っ子を放流させた。
溜池は産土の水神　すべて陽にさらして甦る
やがて　泥踏みの足踏みも水に隠されていく。

注　昭和の初期女性の着物はノーパンだった。
ラジオもなく娯楽といえば、祭りや行事で
人々が交流することだった。
鰻は貴重な蛋白源だった。

蛞蝓《なめくじ》

陽うらの湿った腐れ木に
なめくじらが　へばりついている
からだじゅう舌の固まりで
ねん液を分泌しながら
にじり寄っている

腐れ木の洞穴には
片われ恋しが　待っている
ねばねばの涎れの跡みちをつけ
辿りついたら燃えつきて
溶けてしまいそう。

蝸牛《かたつむり》

満開ざくらの幹に
かたつむりが　一匹
密着している

かたつむりの背には

渦巻状の螺旋があり
二本のアンテナを立てて
春宵一刻値千金の　うめきを
録音している

他者のことなど　一切
でんでんむしだ。

据膳

暮れなずむ春宵の村に桜花散り染む　その刻に独りの男が自宅の土間をかきむしり　うなり苦しんで絶命した。男は連れあいに甲斐性なしと罵られ見捨てられていた。村びとはそれと知って医師を呼んだ。医師は駐在を呼んで服毒の疑いをもったが、村びとは事を穏便に済ませるよう口々に訴えて医師と駐在を説得した。一昼夜して葬式の準備が始まり、死者を座棺に納めるのに硬直が解けない。般若心経を何度称えても解けぬ。古老は言った「雨垂れの砂を一粒、死人の耳穴に入れてゆすれ」かくして顔を左右にゆすっていると硬直が解けていった。葬式が済んで初七日の夜、遺書が出てきたと耳打ちされた。「やっぱり・・」と古老は遺書を焼き捨てさせた。警察に聞えると墓を掘り返して検死される。村びとは検死を恐れて口をつぐんだ。後家になった件の女は以前から男の胸襟をくすぐりつづけて「据膳食わぬは・・」何とかの諺をかぶせて村の名士から保険勧誘の実績をあげていった。

磯巾着

村に「お当」という講があった、村の戸主が籤引をして当主を二人決め、毎年一月廿五日に村民を接待する習わしがあった、そんな最中に檄が飛び込んできた、「池に人妻が落ちた」隣村の疎開者で美人だという、「それ行け」とばかり村の若衆たちが酒の勢いで助けに走った。何しろ厳寒で時が経っている、竹竿で池面を突つくだけで、火を焚いて見守っていた、「ここで背負った薪を下して休んだとき、足が滑って池に落ちた」と薪拾いの友は泣きじゃくった、池は無常の擂鉢状の深淵である。竹竿に躰が触れたのか、髪の乱れた女体が水面に浮かんできた「それっ」とばかり若衆が竿で曳き寄せて上げた「水を吐かせよ、人工呼吸だ」と慌てたが、「肛門筋を見ろ」と復員帰りが叫んだ、濡れたもんぺの紐を解いて脱がせた。

濡れた赤い腰巻をめくって肌着をずらし、濡れた股座を開けた、磯巾着はひらいたまま、鮑も生めかしくみえた、溺れた女の瞳目は半びらきのまま、すでに冥土をみていた、若衆たちは焚火で暖めて胸腰を撫でまわしたい衝動にかられ、またしても股座をみとどけたくて、震えが止まらない。

祝典曲《ファンファーレ》

コンクリートで　つくった
トランペットで　友好祝典の
ファンファーレを　吹いている
空気を缶詰にして売る国から
偏西風にのって　やってくる
黄砂まじりの不安不安微粒子

花粉症が　かさなりあって
マスクをした美女たちは寡黙になる
うっすらとした　ファンデーション
イエローの空気に染められる

脱皮するたび美しくなりたい
快楽好きな　アーチストの髭顔《ひげづら》
シルクロードの荒野を探訪したい
ファンファーレが　聞こえてくる

—日中友好のために—

ひとと・たましい

この世のはじまりは　この世にたましいが
満ちみちて　いのちがつくられた
と　言った高僧が入滅した

たましいは有る　と思えば有る
無い　と思えば無い　こころの持ち方だ
と　言った哲学者が亡くなった

ぼくが死んだら　ぼくのこころが
たましいになる　と言った文人が急逝した

たましいは不滅だ　俺は絶対に死なない
と　言い切った信仰者が自滅した

死ぬと　たましいは星になる
星空をみあげると　あのひとが
またたいてくれる　と言った未亡人が逝った

胸にひそやかな恋ぼたるを住まわせた
うら若い尼僧が入寂した
水無月に小さいほたるが飛んでいた

一億一心　火の玉　のたましい
二つの核が　炸裂した
戦争放棄の　たましいも
七〇年目に　あやしくなった

戦争は人の心から起きる　人の心の中に
平和の砦を築かねばならぬ
—ユネスコ憲章前文より—

青い人魚

「夕凪や　比良は切絵に　暮れなずむ
ろ櫂の君と　沖でただよう」

茜さす比良の切絵が湖面に映える
ろ櫂舟に君を誘って沖へ漕ぎ出した
比良が刻々と夕闇に包まれて　夜の帷《とばり》を下し
ていく
街の灯りがみえて　たなごころがおきてくる
湖面は黒々と魔を潜ませてくる
沖に漂うことの咎めがときめいてくる
突然、稲妻が走って雷鳴が轟いた
「帰りましょう」急遽　岸辺に引き返したが
途中で雷雨のシャワーを浴びた
咄嗟にろ櫂舟の君は水着になった
夜のなぎさの波打際で星あかりを手さぐりに
水浴するのが楽しみだったのだ
遠雷になった稲妻が　しきりに闇をまたたか
せるのは　水着の君が青い人魚になってい
たからだろう。

「稲妻や　闇を一瞬　ひき裂けば
　　青い人魚の　水浴も見ゆ」

野火

「茜さす紫野ゆき標野ゆき
　　野守は見ずや君が袖ふる」　―額田王―

万葉の相聞歌が詠まれた蒲生野は
いまが盛りの彼岸花が野火となっている
その　怪しげな炎が
わが家の庭に飛火してきた

たましいは　こちらから偲ぶもの
お気に入りの洋装《ドレス》で撮ったスナップから
「貴婦人」と題した似顔絵を贈呈したが
数年後に　遺影になってしまった
病床では枕もとに置いていたと聞かされた
偲ぶ会では遺影が正面に飾られて
「花幻文裕」と戒名がつけられていた

蒲生野に住んでいる作家なら
大和撫子が高揚する　相聞歌を創るべし
と　進言してきたが―
彼岸花は素裸で炎えている
と思うと　この花が愛しくなってきた

真赤に炎えて　萎えて　消える
いのちも恋も　その地に産土をもつ
うら若い女流の野火が炎えている。

注　「花幻文裕」　畑裕子さんの戒名

夜想曲《ノクターン》

指の感覚がいのちのピアニスト
くすり指の嫋やかさ
小指のあどけない甘やかなかたち
人差指の意志の強そうな…
それら十指の白魚が鍵盤にはねる。

音が春雨になる　せせらぎになる
雨足がはげしくなって　唐突に虎落笛
狂女の叫びが　夜の闇に吸い込まれていく。

躰は柔かくなったり　硬直したり
全神経を集中してヒステリックに
情念のおもむくまま弾きながす旋律の
虜になって火照っていく。

もうすっかり宙に浮いた音階には
俄《にわか》に集中豪雨の雷鳴が脳天を劈き
迷宮入りの扉が　すうっと開《あ》いて
束の間　呼吸が止ってしまう。

音の感覚が甦って呼吸が一瞬ずれた
魔の音色がこころのさわりにひらめいて
アダージョに静まっていく夜想曲。

祝事

コスモスが群生して
わが家の門前を飾っている
十一日は　わが輩の八十七歳の誕生日だ
冷凍庫から　おにぎりをチンして
ほかほかの　赤飯を食べた。

コスモスの叢の脚下に超ミニのコスモスが
八枚の花びらをひろげている
小さいものには可憐という魅惑がある
咲くことに仕組まれた姿　ものけなげ。

みんな　いのちのかたまり
色どりよく咲いて交わって
陽のめぐみで生かされている
コスモスに秘められた宇宙の秩序
花が咲いて種子をのこす摂理を
乱しているのは人間界のカオス。

まだ裸婦の官能美が描けないでいる
来年は米寿と婚六十年と入植五十年という
三つ重ねの祝事をしようと女房しきり。

—米寿から裸婦を九十路に咲かせたい—。

散りそめし

宵やみの満開ざくらが散りそめる
ぼんぼりを灯した並木ざくらを
くぐりぬけると匂ってくる
花のくちびると　そぞろ歩むここち。

堀ばたのさくらが　水かがみに
ときを静止させて　写っている
散りそめた花びらの　いとしさを
つのらせる　たまゆら。

年齢とともに禊をすませたはずなのに
散りそめたはなのくちびると

おちてしまっていいものか
ここちよい振幅が　またもちあがる。
ああー　今宵のひと夜ざくら
夜ふけには　満ちみちた愛しみを
せつな　せつなのいとしさを
堀の水面に　散りつもらせていく。

女は神様です

暖簾をくぐると二坪余りの飲屋がある、止り木の目線の壁に横臥した裸婦が、片膝立てて頬笑みかけている、その大胆なポーズが画面に巧く適っている。

ここのママさんは年増を過ぎているだけにとっても愛想よくて客をはなさない、一寸、小太りの裸婦の絵はママさんの若かりし頃の肉体美かも知れんと、飲屋の常連たちは串かつに熱燗をちびりちびりやりながら、あらぬ幻想をくゆらせる。

裸婦の魅惑はてきめん、酒肴になって、愚直なエロスに気炎を吐かせ、ほろ酔わせて憂さを捨てさせるのもママの秘話次第だ。

「男は女尻の据った女房がいてくれるので、安心して頑張れる、それは惚気でも酔狂でもない　本性なのだ」と　ママさんは占い師のように説話を語り、『人生って幾つになっても女尻よ　いのちのふるさと』

「女は神様です」

と　物集高量《もずめたかかず》翁（一〇七歳）の言葉で結んでいく。

解説

土の中より生まれる詩想
―『竹内正企自選詩集』の世界―

森　哲弥

竹内正企自選詩集は人生の太く揺るぎない軌跡として編まれた作品集である。『鼓動』、『母樹』、『地平』、『定本・牛』、『たねぼとけ』、『仙人蘭』、『満天星』、『薔薇の妖精』、「未刊詩篇」。既刊詩集八冊および未刊詩篇の中より選び出された作品からはそれぞれの詩集の出版時の作者の生活からにじみ出たテーマが打ち建てられている。そして概観すれば、各詩集のテーマに作者の揺るぎない思想（詩想）が深く浸透し遍在しているのに気付く。詩想といえば何か高邁な言葉を想起されるかもしれないが、竹内の詩想は生活の具体的な言葉として現われる。その詩想の核には三つの言葉が内在する。

それでは詩想の核となっている言葉についてみてみよう。まず挙げられるのは「農に生きる決意」である。もしこの決意がなければ竹内の実人生は空虚なものになったであろう。竹内は初期詩集『鼓動』に次のようなフレーズを記している。

　俺は
　生れながらの百姓である
　生れながらの　にんげんである。

（「田園の果から」P19）

ここには若き日の竹内正企の並々ならぬ決意が窺える。農は英語でアグリカルチャーといい原義を辿れば文化を耕すという意味になる。これこそ竹内の詩想の核としてふさわしい言葉である。

二つめは「自然崇拝」である。竹内は農村で育ち、農業に従事し、肉牛肥育へと事業展開している。農業は「いきもの」を対象とした生業である。作物の成長や収穫、牛の分娩や出産の現場に生きていくことで、生命の不思議、驚異を目のあたりにすることによって「自然崇拝」の詩想が醸成されていったのである。

淡い花穂がわれ　いとけない芯に
無数の結実が　はじまる
花穂は　ひかりを閉じこめて
ひと粒の米を宿すのだ

（「稲」Ｐ68）

稲作という行為を一粒の米に焦点を定めて描くことは詩人の自然崇拝の心によって果たされるのである。

三つめは「自然観察」である。周密な自然観察によって詩人は日々の暮らしのなかで見慣れている風景に新しい発見をする。自然観察は詩作態度である。竹内の視線は何時の日も土に近い。

五分のたましいみせぬまま
死骸は　浄土になる

（「蚯蚓」Ｐ73）

たね芋は　春を知っている
黒い　くしゃくしゃのからだをつわらせて
くぼみから　つる芽を萌やそうとする

（「たね芋」Ｐ72）

やぶ椿は（中略）花芯の雄蕊をつつんだまま花頸から落ちる　そのとき　かすかな葉ずれ音とともに　一滴の蜜がとび散る

（「落椿」Ｐ124）

「蚯蚓」、「たね芋」、「落椿」より部分的に引いたが、農村に生きている作者であればこそといった独特の着眼、緻密な観察、生きものに対する心情の熱さを感じる。そして作品の奥には自然崇拝の詩想が潜んでいる。

自然崇拝という言葉が出たところで竹内の宗教観について述べておく。竹内は宗教は文化だといっている。宗教という言葉に寄せていえば森羅万象、一草一木に神の存在を信じる「汎神論者」ということになろうか。竹内作品を味わうには作者の立場に立って一草一木に心を通わすのがいちばんの近道である。

「白雲に虚空仏が住み花に微笑仏が宿る」と思う

（「野あそび」Ｐ151）

竹内の汎神論がこのフレーズで言い表されている。

農に生きる決意、自然崇拝、自然観察と、竹内の詩想の核について述べてきたが、ここからはその核から展開する多様な作品についてみていきたい。

次の五点に絞って進める。既に挙げた各詩集ごとに対応するのでなく、表出された世界の共通性に基づいて作品をピックアップし部分引用してそれぞれの項目の説明をした。

①青春詩、純情詩
②生活誌、民俗誌的要素
③働く　生業
④艶耀表現、裸婦像、絵画への昇華
⑤社会への視点

①青春詩、純情詩

もし竹内が自選詩集を出版しなかったら、多くの人は甘味な次のようなフレーズにふれる機会はなかったであろう。

恋人よ
凪もない　星もない
地球の夜の街は　誰かの吐息なのだ

（「牧歌」Ｐ16）

この時期の作品には青年の意気込みや決意がみられる。清々しい叙景もふくまれている。

ふるさとの
山かげの　あわ雪　きえて
陽だまりの　山ふところから
小川　流れる、

（「寂春」Ｐ22）

濁りのない言葉でかかれている。作者の青年期の消しがたい一日が感じられる。

②生活誌、民俗誌的要素

竹内は暮らしの言葉を大事にしている。その暮らしの場は農村であり、共同体の独特の言葉があった。このたびの自選詩集にはそれらの言葉が輝いている。ここではそれらの言葉を代表して「あもつき」という言葉を味わってみよう。

もちつきは　女《め》どきの臼と男《お》どきの杵が
とりもち　あもつき　夫婦どき
もちつもたれつ　もっちゃりとした
もちはだの　もちかさね　もちあげて

（「もちもち節句」P105）

うっかりしていると語句の流れの調子に乗って読み過ごしてしまうが、この語「あもつき」には、餅つきの意味の他に「房事のたとえ」という意味合いも含み、次の「夫婦どき」につながるのである。竹内がここまで厳密に語義解釈を読者に求めているとは考えにくい。謡うようなリズムの流れのなかでふと無意識のなかから飛び出したとするほうが自然だろう。したがって読者にも「謡うようなリズム」で農村の艶っぽい節句行事を感じてほしいというのが作者の本意であったであろう。「あもつき」という言葉が竹内自身の「記憶の語彙集」の中に存在し、容易に表に飛び出す状態にあったことは、竹内個人を包む農村のなかに民俗的語彙として貯えられていたなかから自然発露したと考えられる。竹内正企自選詩集にはこのような言葉がふんだんに盛り込まれているし、それを快く乗せるリズムも設えられている。読者は知らぬ間に農村の生活、情意に触れることになる。近年農村から伝統的行事が消え、祭も消え、農村文化が消滅するような危機に見舞われている。このような昨今、民俗誌の様相をも呈している竹内正企自選詩集が世に出た意義は大きい。

③働く　生業

この自選詩集の圧巻は竹内の生業、その働く姿から醸し出された作品の数々である。肉牛肥育の仕事、種つけ、分娩、出産、肥育、出荷、その過程での幾多の作業が生きた言葉として連なっていく。確かな手応え、事実から言葉が生まれている。事実を描き切ったあとの迸るような余情として詩が生まれている。

湯で暖めた授精器具で腔内を開く
精液のカプセルをはさんだ細長い管を
照明された赤いトンネルの奥に
息をころして注入する
これで　よし
尻を　ぱちりと　たたきつける

（「種付け」Ｐ82）

牛舎の張り詰めた空気が伝わってくる。そして牛の尻がぱちりとたたかれた音によって緊張は解かれる。

ひる下りの牛舎では
ねそべった牛の反芻音がきかれる
それは　かすかな心地のよいひびきである
大きな顎の臼歯で念入りにすりつぶす
満ちたりた喜びに違いない

（「反芻」Ｐ86）

牛舎にはまた静かな時も流れる。この喜びは牛の喜びであると同時に牛飼い竹内正企の喜びでもあったに違いない。

④艶耀表現、裸婦像、絵画への昇華

竹内正企自選詩集には多くの女性が登場する。それは時に人魚だったり天女だったり、キャンバスの上の裸婦像だったりする。エロティシズムはこの自選詩集の要素の一つであるが、竹内のエロティシズムに限っていえば禁忌からの人間性の解放というようなものでなく生活次元での事象の顕現として捉えられている。したがってその奥には前述した「民俗誌」的な側面からの「大らかな性」の無意識な地層があり、そこからの発露が竹内の作品となっている。作品例としては先に引用した「もちもち節句」が挙げられる。

日本ではエロスが直接的に性を表すことは少ない。艶とか色香とか「色」に置き換えられての表現が多い。かくして竹内のエロティシズムは「艶耀表現」と呼ぶのがふさわしい。そして竹内の「艶耀表現」の底辺には、自然崇拝に繋がる女性崇拝が存することを作品の行間に感じ取らねばならない。

薔薇の少女は　甘いかおりを
匂わせながら
妖精みたいな素敵なポーズ
こころ燃やして　絵具をのせる

（「薔薇の少女」P194）

裸婦を描くには骨格から学ばねば曲線が趣味に色どられ　想像性が暗喩を呼んで想わせぶりな雰囲気を創り出す

（「艶」P180）

竹内の艶耀表現は絵画へと昇華されていく。

⑤社会への視点

竹内の作品にはしばしば戦争に関する言葉が出てくるし、憲法とか現時点での社会、政治的問題も含まれている。決して声高に語られることはないが、書き残すことが自身の使命のように捉えられている。

（前略）生きて帰れんかも知れん」異様な雰囲気に殺気立っていた。親父たちは厠の扉の前に立ち息子と嫁の背を押して立ち番をした　血気盛りの悲愴な別れは熱涙にむせいだ「死んじゃいや必ず帰ってきてね」面会でも女女しく抱擁もできぬ召集兵にしてみれば　たとえ数分の逢瀬でも　おもいを果たせてやりたい親ごころ　折からの集合ラッパが鳴りひびく

（「召集」P199）

戦時中のこの悲しい情況は、竹内正企によってしか伝えることができない。実際の戦争を知る人が少なくなっていく昨今、このような作品は時代証言性という意味合いにおいても貴重である。

「農に生きる決意」、「自然崇拝」、「自然観察」を詩想の核として竹内正企自選詩集の多様な展開を①青春詩、純情詩　②生活誌、民俗誌的要素　③働く　生業　④艶耀表現、裸婦像、絵画への昇華　⑤社会への視点という項目に分けてみてきたが三〇五篇の作品を五つに括ることは難しかったしそれぞれの引用が的確であっ

たかどうかもわからない。五つの項目のほかにも小鳥の声のユニークなききなしとか、何気ない日々の暮らしの点描とか、祇園に遊んだ風流人の一面とか、まとめきれない作品の数々で編綴詩稿の天はさながら付箋の叢林と化してしまった。

竹内正企自選詩集の詩想の核として最初に挙げた「自然崇拝」は多くの詩篇の底に流れていてそれぞれの作品を輝かせているし、ここに展開する竹内ワールドは随所にユーモアの子狐がひそんでいてとても楽しい。

色々と活躍の場をもち近江詩人会の主幹としての忙しい日々のなかで上梓された労作『竹内正企自選詩集』をひとりでも多くの方に読んでいただければと願っている。

二〇一六年四月二十日

略年譜

一九二八（昭和三）年　当歳

一〇月一一日、本籍兵庫県多可郡中町徳畑一二二番に生まれる。八人兄弟の三番目の長男であった。

一九四二（昭和一七）年　一四歳

中町第一国民学校高等小学校卒。

一九四五（昭和二〇）年　一七歳

終戦。祖父が他界後、父が妾を囲い他町の田地や山林を売って没落寸前であったが、小作田をとり返して自作農業を決意する。

一九四七（昭和二二）年　一九歳

東京「文芸と創作研究会」に入会、講座を受ける。

一九四八（昭和二三）年　二〇歳

ガリ版同人誌「裸人」（大阪）、「山客」（函館）に入会。詩作始める。『詩と詩人』堀口大學の著書買入、コクトオ等フランスの詩を知る。

一九五〇（昭和二五）年　二二歳

帯広市の詩誌「ＯＭＥＧＡ」の福島運二を知る。同人となる。多可ユネスコ協会発足。ユネスコ新聞タブロイド版を編集する。父親が春画ワイセツ罪で拘留される。

一九五三（昭和二八）年　二五歳

詩誌「ONLY ONE」（君本昌久）、「ＡＮＡＢＡＳ」（池康彦）に参加、同人となる。

一九五五（昭和三〇）年　二七歳

結婚。桃園、養豚、葉タバコ栽培、一・四ヘクタール耕作。

一九五八（昭和三三）年　三〇歳

神戸新聞紙上に「村がダム計画」になる記事が出る。猛反対。

一九五九（昭和三四）年　三一歳

ダム反対同盟、決議文を作成して気勢をあげる。息子、秀企生まれる。

一九六一（昭和三六）年　三三歳

滋賀県愛知川ダム視察。条件闘争に入る。生活設計始まる。

一九六六（昭和四一）年　三八歳

滋賀県大中の湖干拓地に仮入植する。安土町に寄留する。

一九六七（昭和四二）年　三九歳

近江八幡市大中の湖干拓地に入植する。兵庫県多可郡中町を去る記念に処女詩集『鼓動』を自家出版。

一九六八（昭和四三）年　四〇歳

ヘリコプターによる直播稲作、大型クレイソンで収穫（一六ヘクタール）。

一九六九（昭和四四）年　四一歳

ふるさとの村で父が病死する（七〇歳）。大中町初代自治会長受ける。

一九七〇（昭和四五）年　四二歳
減反農政先取り（西瓜つくる）。農協理事に就任する。
一九七一（昭和四六）年　四三歳
肉牛経営事業に着手する。補助金農政、二〇〇頭牛舎建設する。
一九七二（昭和四七）年　四四歳
米国肉牛経営視察、二週間。
一九七六（昭和五一）年　四八歳
入植一〇周年。詩集『母樹』（私家版）出版。
一九七八（昭和五三）年　五〇歳
大野新、詩集『家』でH氏賞、受賞式同行（七月）。堀口大學宅（逗子）に武田豊、鈴木寅蔵、藤野一雄各氏と同行。著書『水鏡』を署名入りで各人共いただいた。日本詩人クラブ入会。
一九八一（昭和五六）年　五三歳
詩集『地平』（文童社）出版。第二四回農民文学賞。
一九八五（昭和六〇）年　五七歳
農業経営（肉牛）、息子に移譲した。詩集『定本・牛』（文童社）出版。
一九八六（昭和六一）年　五八歳
絵画グループ「八美会」油絵に入会。作詞家、丘 灯至夫教室に入る。

一九八八（昭和六三）年　六〇歳
詩集『たねぼとけ』（文童社）出版。日本現代詩人会入会。
一九九〇（平成二）年　六二歳
近江詩人会創立四〇年アンソロジー刊行。滋賀作詞クラブ「逢美路」発足。
一九九五（平成七）年　六七歳
詩集『仙人蘭』（詩季社）出版。関西詩人協会運営委員。
二〇〇〇（平成一二）年　七二歳
近江詩人会五〇年アンソロジー刊行。
二〇〇二（平成一四）年　七四歳
詩集『満天星』（詩画工房）出版。近江詩人会事務局詩人通信を受け持つ。
二〇〇八（平成二〇）年　八〇歳
詩画集『薔薇の妖精』（詩画工房）出版。
二〇一〇（平成二二）年　八二歳
近江詩人会六〇年アンソロジー刊行。
二〇一四（平成二六）年　八四歳
『淡湖のうた――詞・童話・エピソードを添えて』（竹林館）出版。
二〇一六（平成二八）年　八七歳
『竹内正企自選詩集』（竹林館）出版。

あとがき

人生を総括できる米寿の齢がやってきた。終戦時は十七歳の皇国少年だった。戦後、平和憲法三原則をもつ国家として繁栄してきたが、七十年経って安保法制が成立、立憲主義が問われている昨今である。

農業で自立してきた故郷の村がダム（翠明湖）になり、滋賀の大中の湖干拓地に入植して早くも五十年、減反農政、貿易自由化もＴＰＰで最後はどう落ち着くか、大型機械農業を経営しつつ、肉牛経営に移行し、息子に経営移譲して三十年にもなる。

詩作は二十歳頃から芽生えてきたが、故郷で役牛による農耕生活を二十年余、故郷を離れる記念に処女詩集『鼓動』を上梓した。

入植して近江詩人会のテキスト「詩人学校」に出稿して、その合評会には大野新、藤野一雄氏ら、気ごころの合った畏友がいて、詩人会の熱意を愉しく感じさせてくれた。

近江詩人会は二〇二〇年には創立七十周年のアンソロジーが発刊される予定である。それまでは詩作もつづけられると思っている。

私は専業農家（農民）であり、汎神論的な自然観をもっている。つまり自然界から生命が与えられて、こころが芽生え英知が文化を創ってきた。その劫初からのＤＮＡの「神のみこころ」を感じている。すべて科学や哲学で割り切っても、人間性の弱さ故に宗教のこころがあると思う。だが既成の宗教や政治では核戦争の悪夢から逃れられぬ、猜疑心で敵視する現実の軍備予算増幅の抑止では、戦争に近づくだけだろう。ＩＴ時代は宇宙時代になって人類存続の英知を政策にかかげて、まずは核テロ防止に努力すべきだろう、と、未来に子孫の安泰を望んでいる。

詩という表現欲にとりつかれ、生涯にわたりかかわってきたが、ここにその証としての自選詩集を上梓するに際し、編集校正を竹林館の左子真由美さんにお世話になりました。また解説を森哲弥氏にまとめていただき深謝している。

二〇一六年　六月

著　者

竹内正企（たけうち・まさき）

1928 年（昭和 3 年） 兵庫県生まれ。
1967 年（昭和 42 年） 滋賀県（大中の湖干拓地）入植。

所属 近江詩人会・同人誌「ふーが」並びに「はーふ とーん」
日本詩人クラブ・日本現代詩人会・関西詩人協会

著書 『鼓動』『母樹』『地平』『定本・牛』『たねぼとけ』
『仙人蘭』『満天星』『薔薇の妖精』
『淡湖《あわうみ》のうた―詞・童話・エピソードを添えて』

現住所 〒 523-0802 滋賀県近江八幡市大中町 66 Tel 0748-32-6677

竹内正企自選詩集

2016 年 7 月 1 日 第 1 刷発行

著　者 竹内 正企
発行人 左子真由美
発行所 ㈱ 竹林館
〒 530-0044 大阪市北区東天満 2-9-4 千代田ビル東館 7 階 FG
Tel 06-4801-6111 Fax 06-4801-6112
郵便振替 00980-9-44593 URL http://www.chikurinkan.co.jp
印刷・製本 ㈱ 国際印刷出版研究所
〒 551-0002 大阪市大正区三軒家東 3-11-34

ISBN978-4-86000-333-3 C0092